ばあちゃんの肉は生で食え

アサキ

目次

祖母の肉

棺の中の祖母を見つめる。

『好きな人が出来たら、私の肉を食べると良いよ』と話していた、幼い頃の記憶を思い出す。

もうすぐ、この祖母の体は燃やされてしまう。肉を食べるなら、今が最後のチャンス。この場には私と弟しか居ない。

じっと祖母を見つめて、冷たくなった体に手を伸ばす。

――なんて、出来るはずが無い。

とても八十歳を超えているとは思えない綺麗な手の甲。その肌を私はそっと撫でる。今は心の中で別れを言うのが精一杯だった。

「燃やすなんて、何だか嫌だね。全部無くなっちゃう……」

「日本は火葬だから」

「そういう話をしているんじゃないよ」

弟の樹（いつき）に話し掛けても、いつもと変わらず淡々とした口振り。けれど葬式の間も、樹はずっと祖母の形見の万年筆を握り締めていた。表情には出さないけれど、樹も悲しんでいるのは十分に伝わってきていた。

「その万年筆、そのまま樹が持っていなよ。おばあちゃんも、樹にあげようと思っていたみたいだし」

ふと隣の樹を見る。私と同じように棺の中を覗き込んで、祖母の体に手を伸ばしている。だけど着物の裾を上げて、祖母の足元を触る。その仕草には違和感を覚える。

何をしているのか——そう尋ねようとした矢先、樹の手に鋭く光る物が見えた。

「これ、万年筆じゃない。デザインナイフ」

樹は話しながら、祖母のふくらはぎに刃を刺す。万年筆だと思っていた物をカクカクと細かく動かしていく。すると数秒で、皮膚の表面に四角形の小さな傷が出来た。樹はそこの肉を器用に切り抜いていく。

「……え？　何してるの⁉」

取れた祖母の肉を樹は口に押し込む。顔は歪めていたが、もちゃもちゃと口の中のものを何回か噛むと、すぐに呑み込んでいた。

「……待って……どうして、樹が……食べるのを、知って……」

その直後、大人達が戻ってくる気配を感じた。

私は咄嗟に祖母の着物の裾を直した。樹の行いを大人達に報告するのではなく、隠す事を無意識に選んでいた。

——早く燃やして。

数分前までは祖母を燃やして欲しくなかったはずなのに、その時には全く逆の願いを持ってしまっていた。

やがて、祖母の足の異変に誰も気付かないまま、葬式は終わった。

祖母にごめんなさいと謝りつつ、樹の行為が誰にもバレなかった事に酷くほっとした。


けれど、その翌日、樹は歩けなくなった。

足が動かないと話す樹と一緒に、近くの病院へ駆け込む。

診察の待ち時間に、私は幼い頃の記憶をはっきりと思い出していた。

『でも生はいけないよ。ちゃんと焼いて食べないとね。私はね、本当は人魚なんだよ。人魚の肉には、特別な力があるんだからね』

かつて私達姉弟が一緒に眠った寝室で、祖母は確かにそう話した。樹はきっと細かい所まで覚えていなかったに違いない。だから祖母の肉をあのまま食べてしまったのだろう。

――たとえそうだとしても、祖母の肉を生で食べたらどうなるかなんて、考えた事すら無かった。

祖母が亡くなったのは、高校が夏休みに入る直前。

だから夏休みになった頃、親戚の人の付き添い下で、私と樹は大学病院に居た。うちでは原因が分からないからと、近所の先生が紹介状を書いてくれた宛先だった。

待ち時間にあれこれと考えるが、樹が歩けなくなった原因はやはり祖母の肉としか思えない。

祖母は『私は本当は人魚なの。おじいさんと結ばれたから、今でも人の姿で居られるんだよ』と、祖父との思い出話をよく聞かせてくれた。大きくなるにつれて、あれは冗談だろうと信じなくなっていたが、もしかしたら本当だったのかもしれないと今になって思い直す。

——勿論、そんな話を先生に出来る訳が無いが。

「検査結果を見ると、確かに明らかな異常は無いですね。採血は少し気になりますが……何かご自身で心当たりはありませんか？　ぶつけたとか、変なものを食べたとか」

「分かりません」

樹は愛想無く、端的に質問に答えていく。私はその間、俯いて、ひたすら黙っていた。

人を食べたと知られたら、弟はどうなるのか。そう考えると、大学病院の先生にもとても事実を話せなかった。

病院からの帰り道、弟の車椅子を押して歩く。

「何で、あの時……食べようと思ったの？」

「……」

「……どうしたら、治るかな」

「さあ」

歩けなくなってからも、樹は一切取り乱す様子を見せない。このまま治らなくても良いのか、それとも既に半ば諦めているのかと不安が過った。


治す方法はないかと自分なりに色々調べてみる。けれど医学書は難しい。ならばと思い、人魚に関する情報を探してみる。

「人魚の肉を食べて、不老不死……」

人魚を食べた八百比丘尼の話がよく目に入ったが、樹の状態とは明らかに違う。

——そもそも、おばあちゃんが人魚だったと、本当に信じて良いのだろうか？

少し冷静になってくると、祖母のあの話はやはり怪しいと感じてしまう。一体何が真実なのか。私は更に頭を捻らせた。


それでも調べ続ける。理解出来る範囲には限界があったが、一つ一つ単語を調べながら医学書も読み漁る。けれど、調べ物ばかりに時間は使えない。歩けない樹を家の中で手伝う必要もあった。そうやって一緒に過ごす時間が増えても、樹が何かを話してくれる気配は無い。

目立った進展が得られない中、ある日、知らない番号から家に電話が掛かってきた。しばらく放っておいても切れる兆しが無かったので、根負けして受話器を取る。

「突然お電話を差し上げて、すみません」

聞き覚えのある声だと思っていたら、話を聞くうちに、先日診てもらった大学病院の先生だと気付いた。

「えっと……佐伯先生?」

想定外の相手に驚くが、佐伯先生は最初に会った時と同じように、丁寧な口調で話を続けていく。

「その後、樹さんの症状に変わりはありませんか?」

「はい、特には……」

確か一週間後に病院の予約が入っていたはず。どうしてわざわざ掛けてきたのだろう。不思議に思いながら、耳を傾ける。

「実は他の先生が、樹さんとよく似た症状の患者さんを知っているそうです」

「……え?」

「それで、もし宜しければ、近いうちにもう一度来ていただけませんか。出来れば夕方位の遅い時間帯に。彼は診療科が違うのですが、樹さんが歩けない原因に見当が付いていると話しています。原因が分かれば、もしかしたら治療法も――」

「行きます」

間髪をいれず、私は先生に答えた。

即答したのは良いものの、私はずっとそんな風に悩んでいた。

それとも、言わなければ分かるはずも無い？

けれど、よくよく考えたら、原因がバレたら困るのでは？

「はじめまして、こんにちは！　森谷（もりたに）です！　佐伯先生と同じ研究室に出入りしていて、話を教えてもらいました」

――紹介された新しい先生と出会うまでは。

樹はいつも通りだが、構えていた私はポカンとしてしまう。隣にはシャキッとしている佐伯先生が並んでいるせいもあって、その人は全く先生に見えなかった。

「……研究室？」

「佐伯先生は、神経再生医学って小難しい所に居てね。俺は病理学って所で研究しているんだけど、佐伯先生がたまに遊びに来てくれるんだ」

「遊びでは無いですが……」

「分かっていますって。でも学生さんにはよく分からんしょ。あ、あと佐伯先生の弟さんは俺と同じ研究室だからね。そんな繋がり！」

その先生にはニコニコよりも、ニヘニヘ笑うという表現の方が合っている。同じような白い服を着ていても、佐伯先生とは全く雰囲気が違っていた。

「……えっと、森谷先生？」

「うん。あ、でも俺は歯医者だから、佐伯先生とはちょっと違うよ」

「病院なのに、歯医者さん？」

「病院によって歯医者さんも居るんですよ。森谷君はうちの口腔外科の先生です。説明不足でしたね……驚かせてしまって、すみません」

佐伯先生は眉間に少しシワを寄せて、私達に頭を下げた。

「あ、いえ……別に……」

「せっかく来てもらったんだから、早速だけど本題に入ろう。泉ちゃんと、樹くん」

話を振られる前から、樹は森谷先生の方をじっと見つめていた。

「……樹さんの足の調子は変わらないですか」

「はい」

佐伯先生と森谷先生に手伝ってもらい、樹は診察用のベッドに移る。上半身は起こしたまま、樹はベッドの上で足を真っ直ぐに伸ばした。

そこで佐伯先生は以前と同じように、樹の下半身を見たり触ったりして確認していく。

「……森谷先生は歯医者さんなのに、足にも詳しいんですか？」

気になって森谷先生に尋ねてみる。森谷先生は私と同じように、佐伯先生の診察を後ろから見守っていた。

「別にそういう訳じゃないよ」

「じゃあ何で……？」

「個人的な調べ物の延長でね」

「森谷君」

「はいよ」

佐伯先生に呼ばれて、森谷先生も樹の傍らに近付く。その後ろ姿を私は疑いの目で見つめた。

――この先生、ヘラヘラしていて何だか胡散臭い。

「調べ物って、何ですか」

「ん？　ああ、樹くん。靴下脱がせても良い？」

「どうぞ」

私の質問は流して、森谷先生は樹とやり取りを始める。そんな様子にも私の不信感は募っていく。

「足が痒いとかはある？」

「余り」

「感覚自体も弱くなっている感じ？」

「そんな感じです」

「朝と夜、どっちの方が歩きにくいってある？」

「……どちらかと言えば、夜の方」

「なるほどなるほど」

話は続けるものの、森谷先生は佐伯先生と違って、樹の足を触らない。始終観察しているだけだった。

――どうも嘘っぽい。

話し方も軽いし、佐伯先生のような診察もしない。不安になって佐伯先生に視線を送るが、佐伯先生は黙ったまま樹の足を凝視していた。

「あの……」

堪らず声を掛けたタイミングで、森谷先生は樹の爪先を指差した。

「多分同じだと思うよ、佐伯先生。これ」

「……そうですか」

何を指しているのか気になり、一歩前に出て、私も樹の足元を覗き込む。

するとと足の親指の先に、何か飛び出しているものが見えた。

「え。何ですか、それ……動いている……？」

「足の爪を切る時でもないと、こんな所は見ないよね。樹くんは見える？」

珍しく樹が目を見開く。何があるのか私も確認しようとするが、小さくてよく見えない。

「泉ちゃんも見る？　見たいなら、もっと近付いた方が良いよ。いつでも顔を出している訳じゃないからさ、急いで」

急かされて、私も近くまで顔を寄せる。樹の爪先に目を凝らす。

「ひっ――」

そこでようやく、爪と肉の間から小さなミミズのようなものが、にょろにょろと動いているのが分かった。

咄嗟に口元を覆って、どうにか悲鳴は我慢した。けれど先程の光景を思い出すと、今でも背中がぞわぞわする。

「大丈夫なの……？」

「別に」

あの半透明のにょろにょろは数秒後には引っ込んでしまい、今は見えなくなった。私はベッドに腰掛けて、樹の爪先を何度も確認するが、もう何処にも見当たらない。

爪の隙間から、あんなにょろにょろした生き物が体の中へ潜ってしまったはずなのに、樹は痛がる素振りも見せず平然としていた。

「寄生虫だね」

説明を始めた森谷先生に、私達は視線を送る。樹は靴下を履き直しながら。

「寄生虫って……虫ですか⁉」

「そうそう。嚢胞とか……あ、膿の袋みたいなヤツね。明らかな病気を作れば、検査でも引っ掛かり易いんだろうけど」

「浮腫、軽度の炎症反応は認めますが、ＭＲＩでもはっきりしないんですよね。初期のせいなのか、別の理由があるのか……樹さんの検査結果は、特に……」

「へえ、それは興味深いね。他の人とはちょっと違う特徴がここに来て出てくるとは」

専門用語が入っているせいで会話の内容がよく分からず、私は先生達を交互に見比べた。

「――ズバリ、聞いて良い？」

そこで森谷先生が私達の方を見て、ずいっと顔を寄せてくる。

「最近、何食べた？」

「え……」

森谷先生は目をすうっと細める。マスクで口元は隠れているが、恐らく笑っている。まるで全て見透かされているように感じて、私は思わず固まった。

「ふふ、泉ちゃんは分かり易いね～！」

私の反応を見て、森谷先生は診察室の中で大きく笑う。佐伯先生は立ったまま腕を組み、私達を見下ろしていた。

「何で寄生虫だと分かったんですか」

「ん？」

「先生は専門じゃないのに、詳しい理由は何ですか」

珍しく樹の方から切り出す。いつものように落ち着いて話してはいるが、本の少しだけ早口になっていた。

「確かに、そこの説明はすっ飛ばさせてもらったけど、樹くんは俺の質問に質問で返しちゃうの？」

「答えるかは俺達が決める事だと思います」

「い、樹……」

「そっかそっか。それもそうだ」

樹が強い口調になっても、森谷先生は一切怒らない。それ所か、近くにあった椅子を引き寄せると反対向きに座って、また笑みを浮かべた。

「俺が詳しいのは、色んな偶然が重なったから」

「森谷君」

釘を刺すように、佐伯先生が名前を呼ぶ。それでも森谷先生は気にしない様子で、近くにあったもう一つの椅子を佐伯先生の方へ転がした。

「言わなきゃ教えないって言ってんだから、良いじゃないですか。協力してもらうには、こっちも多少は譲らないと」

——協力？

直前の森谷先生の態度からは、正直責められるか脅されるかを覚悟していた。だから私にとって、今の言葉は意外だった。

佐伯先生は小さな溜息をついて、転がってきた椅子に腰を下ろす。それを見た後、森谷先生は私と樹に視線を戻した。

「最近ね、たまーに樹くんと同じ症状の人が現れるようになったらしいんだ。医科の先生達の伝で教えてもらってんだけど」

「……さっきもそう言っていましたけど、樹みたいに歩けない人が？」

「歩けない方にも色んなパターンがあります。例えば骨折の場合は、イメージし易いかと思います。原因も対処法も明らかですよね。しかし歩けない方の中には、はっきりとした原因を指摘出来ない方も居ます」

私が尋ねると、これまでと違って佐伯先生も答えてくれる。佐伯先生は再び腕を組み、怖い顔で話を続けた。

「炎症反応も収まってきたら、最悪、心因性の可能性も疑う話になってしまうのですが……」

「心因性？」

「いわゆる心の病です。厳しい表現を使えば、ご本人の気の持ちようで歩けなくなって――」

「樹はそんなんじゃありません！」

「……君達の反応を見れば、分かってるって」

森谷先生は唐突にスマホを取り出して、画面を触り始める。

「俺さ、オカルトの話とか、結構好きなんだよね～！」

「……はい？」

急に話が変わったせいで、つい変な声が出てしまう。だが森谷先生は何も気にせず、自身のスマホを私達の方へ差し出してきた。

「これ知ってる？　ＳＮＳで一時期回ってたヤツなんだけどさ」

仕方無くスマホの画面に目を遣る。スクリーンショットなのか、怪しげな単語が並んでいる。それを私は声に出して読み上げる。

「浮気しなくなる……離れられなくなる、肉……？　何ですか、これ……」

肉――と言う単語には反応してしまうが、内容はいまいちピンと来ない。そのうち森谷先生はスマホをポケットにしまった。

「さぁね、よく分からない。こういう変なネタはたまに上がってくるから。でもさ、俺の患者さんの中に、多分これを本当に買った人が居たんだよね」

森谷先生は椅子の背もたれに抱き付きながら、また目を細めた。

「浮気ばっかするから、彼氏にコレを食べさせたらしいんだけどさ。その人の彼氏さん、今は樹くんと同じ症状らしいよ」

私は目を大きく開く。はっとして隣の樹に視線を送ったが、樹は相変わらず無表情のままだった。

「その少し前に、歩けない原因不明の患者さん情報を聞いていたから、ひょっとしたらと思って」

「そんな話、本当によく聞き出せましたね」

「俺がこんなキャラだからじゃない？　その人自身は、俺が親知らずを抜いただけなんだけどさ。次回予約の相談をしていたら『彼氏がここに入院してるから、いつでも来ます』って教えてくれて、そこからね」

黙って聞いているだけだった私達に向かって、森谷先生は左右の手を開き、パーの形にして見せた。

「その肉、一切れが十万したらしい。本当か嘘かは、勿論知らないけどね」

何を言おうとしているのか、段々と予想が付いてくる。森谷先生は目の形こそニッコリとしているが、とても笑っているとは感じられない。私は手を強く握り締めた。

「さて、さっきの質問に戻ろうか。樹くんは最近、何か変わった物を食べなかった？」

唇をぎゅっと結ぶ。全身に力が入ってしまう。気のせいか、佐伯先生から感じる視線も鋭くなっていた。

「食べました、肉。生で」

「い、樹⁉」

「ほうほう、生肉か。加熱しないでくださいって注意書きがあったらしいから、特徴も一致するね」

「樹！　アンタ、少し黙って――」

話を止めようとするが、樹は私の唇を上下合わせて指で挟む。お前の方こそ黙れと、無言で私に訴えてくる。

「ははっ！　仲良いね、君達」

「その人、何の肉を食べたんですか」

「……それが分からないんだ。真空パックに入った状態で送られてきたそうだから」

「注意書きがあったなら、その紙に何か他の事も書いてあったんじゃないですか」

「消費期限や、その加熱禁止の記載ならね。でもそれだけ。俺も直接見た訳じゃないけど」

「そうですか」

これまで黙っていたのが嘘のように、樹が森谷先生に次々と言葉を投げ掛けていく。

――祖母の肉を食べたと分かれば、樹はどんな扱いを受けるのか。

そう考えると不安しかない。私は樹の手を振り払い、慌てて口を挟んだ。

「な、生の肉を食べて病気になる事もあるんですよね。豚肉とか、鶏肉とか……！」

カラカラと椅子を近付けてきて、佐伯先生も私達の会話へ入ってくる。

「はい。よく知っていますね。食肉の加熱不足で、カンピロバクターに感染して、ギラン・バレー症候群——それこそ歩けなくなる病気に罹る可能性もあります」

先生達二人から責められたら、上手く言い逃れが出来る自信なんてとても無い。恐る恐る佐伯先生を見ると険しい顔をしている。けれどその表情は怖いと言うよりも、真剣そのものだった。

「そうやって原因の推測が出来て、必要な検査や処置が分かっているものなら、まだ救われます。けれど樹さん達は、そうでは無い……抗原やDNA検査をやっても、何も引っ掛からないんです」

「夜が近付くと、まれ〜に足の爪の隙間から、虫が頭を出す。たまたまだったけど、俺と佐伯先生が見つけた、寄生虫を犯人とする根拠の一つだよ」

「仮に寄生虫が原因だとしても、現段階では他に何も分からないんです。肉が感染源だとしても、森谷君の患者さん以外からは、それらしい話を聞けていませんので」

「症例の数自体が少ないし、何より心当たりがあっても、本人達に後ろめたい気持ちがあれば、わざわざ他人に言ったりしないだろうからねぇ」

佐伯先生は一度俯いてから顔を上げ、私と樹を順番に見つめた。

「……良ければ、貴方達が知っている事を教えてもらえませんか。何が起きているのか、知りたいんです」

佐伯先生から真っ直ぐに見つめられて、私は目を逸らす。これまでの経緯を正直に全て話すべきか、初めて迷っていた。それでも樹の将来を考えると踏ん切りは付かない。

返答に困って樹に視線を送る。すると一瞬だけ目が合ったが、樹はすぐに先生達へ向き直り、そ

のまま口を開いた。

「祖母の肉です」


樹の発言を皮切りに、祖母の葬式での出来事を私達は打ち明けた。

「今の虫、引っこ抜いて捕まえたらダメなんですか」

「それが難しいんだよね。すぐに隠れちゃうから。使えそうな薬を試しても、効かなかったらしい」

樹はそれからも森谷先生に疑問をぶつけて、森谷先生もそれに対して、ごく当たり前のように答えていた。

「そうだったんですか……泉さんは弟さんを守ろうとしていたんですね。誰にも言えなくて、泉さんこそ辛かったでしょう」

私の方はと言うと、佐伯先生の言葉に涙腺が緩くなってしまい、泣かないよう必死に我慢していた。

「すみません、黙っていて……」

「言えない理由があったのなら、仕方無いですよ。謝らないでください」

「あの……人の肉を食べたら……何かの罪に問われたりするんですか？　樹は……」

「身内だし、ご遺体ももう燃やしちゃったなら、そこまで気にしなくて良いんじゃない？」

横を向くと、森谷先生と目が合った。

「俺等も別にそこを責めるつもりは一切無いし。何で食べたのかも聞かない。それより、肝心なのは寄生虫の方だろ」

森谷先生は座る向きを直して、改めて椅子にどしりと腰を下ろす。真面目に話すその姿は、最初の時とは少し違う印象を受けた。

「おばあちゃんの肉を食べたのは、流石に樹くんだけだよね？」

「だと思います……体に他の傷は無かったはずですし……」

「なら、ネットで売られている肉は、二人のおばあちゃんのものでは無い。それなのに同じ症状の人が他にも居るのは、どうしてか」

「……少なくとも、お二人のおばあさまは何か関係していそうですね」

佐伯先生は口元に手を当てて俯き、何かを考えているようだった。声を掛け辛くなって、私は森谷先生の方を見る。

「これから、どうするんですか？　虫が原因って分かったのなら、病院で調べて……？」

「今の段階じゃ、すぐには相手にしてもらえないかな。原因不明の難病って、他にも沢山あるからさ」

「でもネットでそんな物を売っているなんて、流石に犯罪になるんじゃ……」

「食べると歩けなくなる生肉が高値で売られている――そんなオカルト話、フツー信じる？」

返答に困り、私は黙る。そのタイミングで佐伯先生は顔を上げて、私達に視線を送ってきた。

「たとえ他の購入者が見つかったとしても、詳しい話を聞く事は難しいでしょう。森谷君の患者さんはともかく、そんな売り文句の肉を買うなんて、やましい気持ちが必ずあるでしょうから」

「んだね。浮気しなくなる肉も、離れられなくなる肉も、まさか物理的に歩けなくさせるものとは考えんだろうて……つか、それで良いのかって思うけど。愛が重いわぁ」

「……そう言った点も踏まえて、泉さんと樹さんにお願いです」

佐伯先生は私達に向かって、頭を下げた。

「おばあさまの事、教えてもらえないでしょうか。例の寄生虫に関して、何か分かるかもしれません。勿論、他の人に余計な事は話しませんので」

——今のままでは、きっと何も変わらない。

自分の無力さは、この数日の間に痛感した。それでも私の望みは変わらない。

「樹がまた歩けるようになるなら」

背筋を伸ばして、私こそお願いしますという気持ちで頭を下げた。


家に帰ると早速、私は祖母の遺品を調べ始めた。先生達から、祖母の実家を教えて欲しいと頼まれたからだった。

ごそごそと私が荷物を漁る一方で、樹はスマホを触っている。誰かとずっと連絡を取り合っているようだった。

「……森谷先生？」

「ん」

短い返事だけをして、樹はまた喋らなくなる。森谷先生の前で流暢に話していた姿は、家に帰ると鳴りを潜めた。

――正直、少し複雑。

樹とは学年が一つ違うけれど、学校自体は同じ。だから友達と話している所も見た事がある。それでも森谷先生とは、たった一日で随分と打ち解けたように感じていた。

――余り話さなくなったのは、いつからだろう。

姉弟がいつまでもベッタリくっついているのはどうかと思うので、ある程度は仕方無い。男の子の方が思春期は少し遅いと習ったし、こんなものなのかもしれない。

それでも、樹が素っ気無くなったとしても、大事な家族である事に変わりはない。私が取るべき行動は結局同じ。

とは言え、私も気になって自分のスマホを見るが、新しい通知は無い。森谷先生とは私も連絡先を交換したのだが、最初の一回目以降、特に連絡は来なかった。個人的には佐伯先生の連絡先こそ知りたかったが、佐伯先生はスマホを部屋に置き忘れたとあの場で話した。

「樹。そんなスマホばっかかり見てないで、こっちも手伝ってよ」

何となく悔しくなって少し強く言うと、樹は私の方を向いた。

「ばあちゃんの実家の住所か」

「うん」

寄生虫には土地柄が関係している可能性もある。だから祖母の実家を知りたいと言われたのだが、祖母が生まれた詳しい場所なんて聞いた事も無かった。

「うーん……区役所とかに行って、戸籍を調べてもらったら分かるのかな」

「年賀状は。ばあちゃん、故郷の友達から今でも来るって、前に話してただろ」

「あ」

着眼点が私と違い、更に悔しくなる。じろりと視線を送るが、樹はまたすぐにスマホに目を落としていた。


何日かしてから、私と樹は再びあの病院に居た。ただし診察室ではなく、院内にあるコーヒーチェーン店の中に。

——やっぱり見つからない。

待っている間にスマホであちこちのSNSを覗く。けれど以前教えられた、浮気しなくなる肉も離れられなくなる肉も、そういった言葉は何処にも見つからない。

「森谷先生が言っていた、ネットの噂……あれって本当なのかな?」

「さあ」

樹はわざとらしく、ずずっと音を立てて、手元のカフェラテを啜っていた。

病院の診療時間が終わり、人が少なくなってきた頃、先生達の姿が現れた。

「お待たせ——って、あれ？　何でもう頼んでるの⁉　学生さんが払っちゃダメでしょ！」

「いえ、別に自分達で……」

「もう一杯飲む？　それかケーキ食べる？」

「あのチキンが入ったパン、食べたいス」

「樹⁉」

「オケオケ」

遠慮しようとしたが、樹はホットサンドを、私はチョコレートのスコーンを結局奢ってもらった。

「すみません……」

「こちらがお願いして来てもらっているのだから、当然ですよ」

佐伯先生はコーヒーを、森谷先生は期間限定の甘いドリンクを持って、私達の向かい側の席に着いた。

「それで早速なんだけど、おばあちゃんの実家は分かった？」

ホットサンドにかぶりついている樹を横目に、私は鞄から透明のファイルを取り出す。

「多分、この住所の近くだと思います。それに母が小さい頃、おばあちゃんの家に遊びに行ったと話していたのを思い出して」

ファイルの中から祖母宛ての年賀状、それに続いて、家にあった古い写真も先生達の前に並べる。

「お母さんのアルバムの中に、これがありました。後ろに写っている電柱、住所が書いてあって……」

「本当だ。よく気付きましたね」

「あ……ありがとうございます」

実際は樹に言われて私も気が付いたのだが、佐伯先生の前では格好を付けたくなる。樹の機転には言及しなかったが、当の本人は我関せずにホットサンドをもぐもぐと頬張っていた。

「へえ。この小さい子が二人のお母さん？　可愛いね。何となく樹くんに似てる？」

「よく言われました。樹の方が母に似ているって」

「男の子はお母さんに似るって言うもんね。樹くん、お母さん譲りのイケメンだからモテるっしょ」

樹は顔を背けて、珍しく森谷先生の言葉を流す。そんな樹を見ても森谷先生は笑っていた。

「でも、この写真に写っている場所……年賀状の住所とはちょっと違う？」

「調べてみたら、位置としては隣の町っぽいです。だからそこまで矛盾しないのかなって思いました」

「なるほどなるほど。じゃあこの住所の辺りに、二人のおばあちゃんが住んでいた可能性が高いって訳か」

森谷先生は何度も頷き、佐伯先生はじいっと写真を見つめていた。

「あの、それで次は何を――」

「よし。行ってみるか！」

「……はい？」

「佐伯先生、確か早めに夏休み取ったって言っていましたよね。いつですか？」

「来週の後半からですが……森谷君は仕事が入っているんじゃないですか」

「入っているけど、どうにかしますよ。俺、外来に出ているのは週の半分だけだから、先生に合わせた方が良いでしょうし」

「……すみません」

何だか勝手に話が進んで行っている気がする。私は先生達の顔を交互に見つめた。

「それに樹くんの足を考えたら、早めに動いた方が良いと俺も思います。陳旧化したら、症状が固定しちゃうかもしれないし」

「陳旧……固定……？」

「……歩けないままになるかもしれない、という意味です」

説明を付け足してくれた佐伯先生を前に、私は目を見開く。

「あ、急だけど二人の予定は？　難しければ、俺と佐伯先生だけで行ってくるけど」

「行きます」

いつかと同じように、私は二つ返事で答えた。

人魚の血筋

翌週、まだ出会ってから間も無い二人の先生と共に、私と樹はあの住所の場所へ本当に向かおうとしていた。

「樹さんの症状は変わらないですか？」

「はい……」

「そうですか……何かヒントになるようなものが見つかると良いですね」

電車を待ちながら、駅のホームで佐伯先生と話す。もう目は慣れたが、私服だと病院に居る時とは雰囲気が違って、最初は佐伯先生とは分からなかった。シックな色合いの服を着こなしていて格好良い。一瞬見とれてしまった。

「ネットで航空写真見たけど、かなり田舎みたいだね」

一方で森谷先生は青っぽいラフな服装。正直イメージ通りで、森谷先生の方は私服でもすぐに気が付いた。

「それで、人魚だっけ？　二人のおばあちゃんが話していたのは」

軽い見た目や乗りに反して、森谷先生は核心を突く発言をしてくる。その言葉を聞いて、思わず背筋が伸びた。

「はい……『私は本当は人魚なの。おじいさんと結ばれたから、今でも人の姿で居られる』って昔話みたいな感じで、寝る時によく話してくれました」

「人魚ねぇ……でも君達のおばあちゃまは、普通の人間でしょ？　二足歩行の」

「勿論、人魚の姿である所なんて見た事ありません。だから作り話か……おばあちゃんになって、そういう風に思い込んじゃっているのかなって、考えるようになっていました。けれど……」

「実際、樹さんがこんな状態になってしまったら、無関係には思えないですよね……」

心配してくれているのか、佐伯先生は眉を寄せて俯いた。

「たとえ本当に人魚だったとしたら、不老不死とか、本来はそういう方面の効能が出るんじゃないの？　寄生虫とか、どうもよく分からないんだよねぇ」

「おとぎ話と現実は違うんだから、当然ス。電車来ましたよ」

ずっと黙っていた樹が口を開き、電車が入ってくる線路側に車椅子を向ける。器用にくるりと車輪を滑らせて、車椅子の扱いにも大分慣れた様子だった。


「泉さん。一つ聞いても良いですか」

「何ですか？」

電車に乗った後、隣に座っている佐伯先生から切り出される。私は先生の方を向いた。

「最初に病院に来られていた時も思ったのですが、その……ご両親は……？」

「……居ません。去年、火事が起きて、それで」

「あ……すみません……安易に聞いてしまって……」

私は手を何度も横に振って、これまでより少し声を張った。

「全っ然大丈夫です！　もう慣れたと言いますか……おばあちゃんがその分、ずっと一緒に居てくれたので平気です」

その祖母が亡くなった時はかなり落ち込んだが、高齢だったから仕方無い。これ以上は佐伯先生に気を使わせたくなくて、私は笑って返した。

「そうですか……泉さんは、おばあちゃん子だったんですね」

「はい。さっきはああ言いましたけど、祖母の人魚の話、小さい頃は純粋に好きでした。おじいちゃんとも、とても仲が良かったのを覚えているので、素敵だなって」

「仲が良い、ですか……」

そこで佐伯先生は俯き、難しい顔を見せた。

「確か、泉さんのおばあさまは『好きな人が出来たら肉を食べると良い』と話していたんでしたっけ」

呟くような声でそう話してから、佐伯先生は私に視線を送ってきた。

「泉さんは、正直……どうして樹さんは、おばあさまの肉を食べたのだと思います？」

両手を握り締めて、今度は私が下を向く。

「……分かりません。樹は学校の事も私には余り話さないので。好きな人が居るのかも、全然見当が付かなくて」

「そうですか。では明確な理由は、泉さんにも分からないんですね」

「はい。今でもたまに聞くんですけど、教えてくれなくて……何を考えているのか、高校に入ってからは本当によく分からないんですよね。姉弟でも」

「……心配を掛けないために、あえて話さないのかもしれませんよ」

佐伯先生の声が優しくなる。隣を見ると、佐伯先生は窓の外を眺めながら微笑んでいた。その様子に何を考えているのか察しが付く。

「佐伯先生にもご兄弟が居るんですよね。えっと、弟さんでしたっけ？」

「……兄も居ますよ。結婚して実家の病院を手伝っているので、余り会いませんが」

「実家も病院……凄いですね……先生はお兄さんとも仲良しですか？」

「うーん……残念ながら、あんまり仲良くはないかな。むしろ兄のお嫁さん――義理のお姉さんとの方が仲は良い気がします。うちは泉さん達とは違いますね」

「あ……でも、うちも別に仲良しって訳じゃないですよ。昔はよく一緒に遊んでいましたけれど、今は全然ですし」

「仲良しだと思いますよ」

はっきりと言い切る佐伯先生が不思議で、私は首を傾げる。すると佐伯先生は一度私を見たが、またすぐに目を逸らした。

「樹さんは、うちの兄とは逆のタイプに見えますね。寡黙だけど、愛情深いと言うか」

「……そうですか？」

私が眉間にシワを作ると、佐伯先生は笑って、後ろの座席に視線を送った。

「はい。言わないのは一種の思い遣りかもしれませんよ。家族としては心配だと思いますが」

佐伯先生につられて、後ろに座っている二人を私も覗く。すると持参していたらしい携帯ゲーム機を二人揃って必死に動かしていた。

「ちょっ、待て……！」

「先生、下手ッスね」

「最近始めたばかりだから、無理だって！　あ、待ってマジ負ける……」

「いや余裕でセンセーの負け」

電車の音で気にならなかったが、耳を澄ますとボタンを押す音がカチャカチャと忙しなく聞こえてくる。

「静かだと思ったら、いつの間に……」

「二人共、ゲームが好きなんですね。結構まだ時間は掛かるはずだけど、充電持つかな？」

呆れる私とは違い、佐伯先生は小さく笑っていた。

何時間も電車に揺られて、目指していた駅に着くと、辺りの景色は様変わりしていた。地元と違

って、人も建物も圧倒的に少ない。ただ蝉の鳴き声はミンミン、ジージーと数が多くて、もはや耳障りに感じてしまう程だった。

「お〜、いかにも田舎って雰囲気になってきたね。緑ばっかで、空気もひんやり気持ち良い！」

「でも、まだここじゃないんですよね？」

「うん。今からはバスの乗り継ぎ」

「バス……」

思わず樹の車椅子に目を落とす。樹も行くと言ったので一緒に来たのは良いものの、こういう時はどうしても困ってしまう。バリアフリーに対応していないバスに当たると乗る事さえ難しい。家族が不自由になって初めて、ちょっとした段差が障害になるのだと痛感した。

「あの……移動は……」

「あ、もしかして乗り降り心配してる？　大丈夫大丈夫。俺と佐伯先生が居るから」

「森谷君。そこのバスで合っているって」

「オケオケ。じゃあ樹くんは俺が抱えるから、車椅子の方を頼んでも良いですか？」

「は!?　バカッ、止めろ！」

「暴れるな〜！　俺、マッチョじゃないから、暴れたら落とすぞ！　ちょっとだけ我慢しろぃ！」

「クッソ……!!」

嫌がる樹を森谷先生が無理矢理抱えて、空いた車椅子は佐伯先生が折り畳んで、持ち上げる。

「て、手伝います！」

「ありがとう」

――本当に良くしてくれる。

病気を治すためとは言え、一人の患者のために、ここまでしてくれるなんて、最初はとても信じられなかった。

「先生達って、凄いですね……」

「え？　何がですか？」

「徳が高いって言うか……やっぱり病院で働いている人達って、違うんだなぁって」

「そんな事無いですよ。ただの人間ですから」

佐伯先生は困ったように笑いながら、森谷先生を見つめた。

「……森谷君はね、凄いと思いますよ」

「え？　森谷先生が？」

思わず眉間にシワが出来てしまう。私は慌てて、顔の筋肉を元に戻した。

「はい。あのキャラクターだから患者さんとの距離も近いんでしょうが、正直羨ましいです。彼は医療従事者に向いていています。あんな親身になってくれる人はなかなか居ません」

「確かに話し易いとは思いますけれど……佐伯先生の方が落ち着きもあって、患者さんも凄く頼りにしていると思います！」

「……ありがとうございます」

喜んでもらえると思ったのに、佐伯先生は作ったような笑みを浮かべるだけだった。

ようやく最後のバス停を降りる。樹も車椅子に戻るが、どんよりとした暗いオーラを漂わせていた。

「もはや呼び捨てかい⁉」

「森谷……ぶっ殺す……」

「アンタ、先生に向かって……」

「思春期男子は怖いねぇ。泉ちゃんじゃ君を抱っこ出来ないんだから、そこまで恥ずかしがらなくても良いのに」

「テメッ、マジで……！」

――あ、耳が赤い。

いつもツンケンしているから、樹が本当に恥ずかしがっている所を見るのは久し振りだった。

「凄いな、森谷先生……」

ポツリと呟く。樹とはもうずっと、あんな風に砕けた感じで話していない。佐伯先生の言葉の意味が少し分かった気がする。森谷先生が凄い理由。

悔しいような、羨ましいような……見ていて、微妙な気持ち。

「森谷君、これ」

「ん？」

怒っている樹を受け流して、森谷先生は佐伯先生の元へ近付く。二人は一緒にバスの案内を確認していた。

「お、ヤベェ。帰りのバス、後一本だけか。しかも二時間後」

二人の後ろから私も覗き込むと、数字がポツポツとしか書かれていない時刻表が見えた。

「二時間だと、大して調べられないかもしれませんね……ここまでバスが少ないとは……」

「往復の時間を考えると、いっそ近くに泊まる事も考えた方が良いですかね。どっかにホテルとかねぇかな」

「泊まり⁉　着替えなんて持ってきてないですけど⁉」

「どうしようか？　俺は別に泊まっても良いけど」

「男の人はそれで良いかもしれないですけどね……！」

ヘラヘラと笑いながら、森谷先生は私達より先に歩き出す。

「まあまあ、せっかく来たんだからさ。寄生虫について、何か情報ゲットしてから帰りたいね」

はっとして樹を見つめる。森谷先生のペースに呑まれていたが、当初の目的を考えれば、泊まり込みだって何て事は無い。

「……近くに民宿とかありますかね」

スマホを取り出して調べようとするが、なかなかネットに繋がらない。

「うわぁ……電波、一本……」

「近くに何か無いか、探しながら歩きましょう」

佐伯先生の言葉に頷いて、私も前を向いた。

「あ。樹くんの車椅子、俺が押そうか？　道がちゃんと舗装されてないから、動くの大変かもよ」

「触んな」

「そんな怒らない怒らない！」

森谷先生は楽しそうだが、樹は断固拒否する。結局いつも通り、車椅子の後ろには私が回った。

「写真に写っていた場所は、恐らくこの辺りですね」

地図と睨めっこしている佐伯先生の後ろで、私はきょろきょろと辺りを見渡す。けれど写真と一致するような風景は見当たらない。

「母が小さい頃だと、もう三十年以上は昔ですし、変わっちゃったのかな……」

「何でGPS使わないんスか」

「山に囲まれていたりすると、当てにならないんだってさ。あと俺、地図が得意じゃないから。道案内は佐伯先生にお願いしちゃった。樹くん、地図読める？」

何だかんだ樹と森谷先生はまた話をして、今はスマホの航空写真を一緒に眺めている。

「時間と共に環境が変化している可能性もありますからね。さて、どうしましょうか。どなたかに聞こうにも、誰も通りませんし」

「……年賀状の住所の方へ、向かってみますか？　細かい番地まで分かっていますから」

「まぁそうするしか無いよね。途中で誰か通ったら、声掛けよう」


段々と道の舗装が無くなり、砂利道になっていく。そのせいで進む度に、樹の車椅子がガタガタと大きく揺れる。

「ごめん、樹。大丈夫？」

「別に。それより重いだろ。自分で押す」

「ぼちぼち俺が代わるよ。道は佐伯先生が先導してくれているし」

結局、森谷先生が車椅子を押し始めるが、樹はもう文句を言わなかった。

手が空いた事で私は両肩や首を軽く回す。車椅子を長時間押すのは力だけでなく神経も使う。思ったより大変だと、これも実際にやってみて初めて分かった。

そうやって歩きながらストレッチをしていると、ふと違うものが視界に入ってきた。

「あそこ、何だろう……水？　綺麗ですね」

道の左側、田畑の奥に緩やかな下りの傾斜が続いている。その先は真ん中が窪んでおり、一面に水が張っていた。

「溜め池……いえ、湖でしょうか」

「あ！　向こうに人居るじゃん！　すみませーん！」

皆が見つめる先で人らしき影が動く。森谷先生は手を振って、大きな声を出した。

「人が居て良かったね」

樹に話し掛けたつもりだったが、反応は無い。樹は私達の中で一人だけ違う方角を向いていた。

「何処見てるの？　人が居るの、あっちだよ？」

樹の視線の先には何も無い。私が訴えても、樹は水がある場所を見ようとはしなかった。

――変なの。

「あれ？　まさかの無視？」

「え？」

森谷先生から情けない声がして、私は目を戻す。

「うっわー……知らん人とは話したくないのかな」

先程見えた人物を探すと、私達には背を向けて、既に歩き出していた。

「ご高齢の方のようですし、この距離なら気付けなかっただけかもしれませんよ」

「まぁねぇ。それなら仕方無いけど」

話しながら、先生達は再び歩き始める。遠ざかっていく人影をもう一度チラリと見てから、私も皆の後を追った。

しばらく歩き続けて、探していた住所に辿り着く。

「ここ？　何か微妙な雰囲気だね……」

森谷先生の言わんとする事は分かる。庭先を覗くと、雑草は伸び放題で、窓から見えるカーテンは中途半端な位置で開いたままだった。

「うーん……人が住んでいる気配は薄いような……」

改めて手元の年賀状を確認すれば、消印は六年前。祖母が大事に保管していたのだろうが、これも決して最近のものでは無い。

悩む私の隣で、佐伯先生は手元の腕時計を見つめた。

「バスに乗るなら、そろそろ戻りましょうか。この一帯に宿泊施設は見つからなかったですし」

「あ、そうか。バスに乗って少し戻れば、何処かにホテルも――」

ブッブー‼

突然後ろから車のクラクションが鳴り響く。怒っているのか、かなり大きな音。そのせいで私は一瞬ビクッとなった。

「そこ、誰も居ないけど。アンタ達、何？」

全員揃って、背後を振り返る。黄色い軽トラがこちらにゆっくりと近付いてきており、声はその車内から聞こえてきた。佐伯先生は車の方へ一歩足を踏み出す。

「知り合いを探しに来たのですが、この辺りに住んでいる方ですか？」

「一応。それよか、知らん奴がウロウロしてるって連絡回ってきたんだけど、アンタ等か」

森谷先生は樹の車椅子から一旦手を離し、佐伯先生と同じように軽トラに歩み寄る。

「連絡なんて回ってんですか。見掛けた方に、道を聞こうとしただけだったんですけどねぇ」

「逃げられたでしょ。うち等、外の連中は嫌いなの。どうせ冷やかししか来ないから」

車から聞こえてくるのは若い女性の声。私も会話に入るべきだと思ったが、高圧的な話し方に怯んでしまう。

やがて軽トラが私達の横で止まる。窓越しに女性の綺麗な横顔が映った。

「で、何？　誰が知り合いって？」

車の中からショートパンツの女性が降りてくる。全身を見て、改めて綺麗な人だと思う。ポニーテールでまとめられた長い黒髪に、赤いマニキュア。手足がすらっと細長くて、ショートパンツがよく似合う。あと胸が大きい。自分に自信があるから、ああいう体のラインがはっきりと出る服を着られるのだろう。

――絶対、仲良くなれないタイプ。

申し訳ないが直感する。だからと言って先生達ばかり頼ってはいけないと思い直して、私は女の人の前に出た。

「私の祖母のお友達が、ここに住んでいたそうで」

「祖母って、アンタのおばあちゃん？」

「はい」

祖母の名前を伝えると、女性は腕を組んだ。

「何か聞いた事あるような気もするけど、分っかんね……アンタ達、全員？」

「あ、いえ……先生達には付き添ってもらっていて、私と弟が――」

きゅっと後ろからタイヤの擦れる音がする。恐らく樹が車椅子を自分で回したのだろう。

すると女の人は大きく目を見開き、私の横を通り過ぎていった。

「え？　あの……」

女の人を目で追い掛けると、樹の元へ一直線に向かっていく。

「うっそ……めちゃイケメンじゃん！」

樹の前にしゃがみ込んで、あの女の人が唐突に態度を変える。声も直前から変わって、ワントーン高くなる。一方で樹は眉間にシワを作り、あからさまに嫌な顔をしていた。

「ねぇねぇ、名前何て言うの？　何処から来たの？」

「……」

樹は無言のまま車椅子を操り、女の人から逃げるためなのか、私達の方へ来ようとしていた。

「い、樹……？」

「樹君って言うんだ！」

「……」

「あそこまでガン無視出来るのは、流石樹くんだね」

珍しく森谷先生も苦笑いをする。そんな中でも佐伯先生は落ち着いて、再び腕時計を確かめていた。

「どうしましょう。バスの時間ですが……戻ります？」

「そ、そうですね……取り敢えず戻ってホテル探すか、出戻すか考えないと……」

「泊まる場所、探してんの？」

この場から離れる口実でもあったが、あの女の人が反応する。明らかに私の方を見て話し掛けてくる。

「は、はい……」

「あたしのおじさん、昔、民宿やってたよ！　頼めば開けてくれるはずだから、頼もっか？」

最初の剣幕が嘘だったように、今はニコニコと笑みを浮かべて、女の人は軽トラから私達を見下ろしてきた。

「樹君だけでも乗っていけば良いのに。ここから距離あるよ？」

「いいス」

「んじゃ、教えてもらった場所に俺等も向かいますんで、おじさんに宜しくお伝えください」

「オッケー！　全っ然気にしなくて良いよ！」

先生達と相談した結果、女の人の提案に乗るのが一番効率的ではないかとの結論に至った。勿論、途中でかなり困惑したが「地元の人から話を聞ければ、治す方法も早く分かるかもしれない」と言われて、私も頷いた。ちなみに話し合いの間、樹はずっとムスッとしていた。

「分かり易いお嬢さんだねぇ」

女の人が居なくなった途端、森谷先生が肩をすくめてポツリと零す。今回は全く同意見だった。けれど森谷先生はその一言だけで、他には何も言わない。気になって佐伯先生を盗み見るが、余り気にしていない様子だった。

――私だけ、気にし過ぎ？

「さて、我々も行きますか」

「着替えはどうしましょう」

「車、貸してもらえないかな。そうしたら、皆で買い出しに行けるのに」

モヤモヤした気持ちを抱えたまま、ひとまず先生達の歩調に合わせる。今まで通ってきた道を戻り、あの女の人に言われた場所を四人で目指した。

「突然すみません、お世話になります！」

「渚（なぎさ）ちゃんの友達なら、歓迎だよ。あ、車椅子で入ってもらって構わないけど、部屋に上がる前にはタイヤ拭いてくれる？」

「あたしが拭くから大丈夫！」

――いつの間に友達になったのだろう。

あの女の人の名前を知って、チラリと見る。けれど当の本人は相変わらずで、樹に付いて回っていた。

「うちはそんなに大きくないから、ごめんね。広めの部屋が二つあれば足りる？」

「ご丁寧にありがとうございます。お二人はどうですか？」

「私と樹は大丈夫です」

「じゃ、そこと向こうの部屋ね。風呂場は奥だから」

オーナーらしき中年の男性に迎え入れられて、古い家屋へ上がらせてもらう。しばらく使っていないせいなのか、埃っぽい匂いは多少するものの、部屋の中は小綺麗にされていた。

「それにしても随分急な話だね。君達、こんな田舎にわざわざ遊びに来たの？」

「遊びと言いますか、人を探していまして……」

「人？」

佐伯先生から目配せをされて、私はオーナーのおじさんに祖母の年賀状を見せた。

「先日、私達の祖母が他界したのですが、祖母のお友達がこの辺りに住んでいると、これを見て知りました。出来たらお話を聞きたいと思いまして」

「ああ、あそこの家の人ね。一昨年だったかな。亡くなって、今は誰も住んでないよ」

「あ……そうなんですか……」

「悲しいね。この辺もどんどん人が減っているからさ」

人の気配が無かったあの家を思い出して、やはりと納得してしまう。

「けど、という事は……アンタ達、沙江子さんのお孫さんか？」

「え？　祖母をご存知なんですか？」

沙江子――祖母の名前をまるで知り合いのように話すおじさんに、私は大きな声を出していた。

「かなり昔だから、そこまで覚えとる訳じゃないけどね。湖の向こうに住んどった人と違うんかな」

祖母の出身はこの辺りに違いないと確信する。ここなら樹を治す手掛かりが掴めるかもしれない。

それに祖母の生まれ育った場所に来られたのは、純粋に嬉しかった。

私は続けて話を聞こうとしたが、そこで先に声を上げたのは、あの人だった。

「それ、樹君も人魚の家系って事⁉」

人魚という言葉に、先生達がピクリと反応する。私も思わず固まるが、女の人はまた樹に詰め寄っていた。

「あたし達、絶対結婚するべきだよ！」

――この人、突然何を言い出したのだろう。

その場のほぼ全員がきょとんとする中で、彼女は樹の手を握り、自身の方へ引き寄せた。

「ほら、手が熱くなってるでしょ。こんな風になるなんて、稚魚が反応している証拠だよ。人魚は人魚が分かるんだから」

「いや触んな」


その後、すぐに出掛ける流れになった。急な泊まりなので、全員で必要な物を買い出しに行く。けれど一番近くのショッピングモールでさえも、徒歩だとかなり時間が掛かるそうで、オーナーのおじさんと渚さんが車を出してくれる事になった。

「あの……人魚の血筋って、何ですか？」

買い出しに向かう軽トラの中、私は運転席に向かって恐る恐る話し掛けた。

「本当に誰からも聞いてないの？　おばあちゃんとか、お母さんからも」

「は、はい。渚さんはお母さんから教えてもらったんですか？」

「まぁ教えられなくても、この辺りで育てば自然と分かるけどね。あ、渚で良いよ。あたしも泉って呼ぶし」

「でも渚さん、私より年上だから呼び捨ては流石に……」

「気にしなくて良いって」

この頃になると、彼女の私への態度はかなり和らいでいた。それと同時に、樹に対しては一層積極的になっていたが。

本来この渚さんの隣の席も、樹がしつこく誘われていた。だが彼女の激しいアプローチに、基本無表情の樹が物凄い形相をしたので、見兼ねて私が乗せてもらえるように頼んだ。

――樹へのあからさまな態度はともかく、聞きたい事があるのも事実。

「人魚って、本当にあの人魚の事なんですか？　童話とかに出てくる……」

彼女への苦手意識は誤魔化しつつ、私は改めてそう切り出した。

「別に足が魚とか、そういうのとは違うよ」

「え？　それじゃ、どうして……？」

「愛情深いとか、一途とか。そういう気質を含めてだね。ほら、人魚姫って一目惚れした王子様に無茶苦茶一途じゃん？　あ、でも別に水が得意、火が苦手って訳でも無いけどさ」

渚さんは前を見て運転しながら、私の質問にハキハキと答えた。

「……性格がおとぎ話の人魚っぽいから、って意味ですか？」

「いんや。先祖は本当に人魚だったって話も勿論聞くよ。昔の事は、あたしもそこまで詳しくは知らないけど」

祖母の話を思い出し、私は俯いて考える。人魚という表現を使っているのは、きっと恋愛に対する心持ちだけの話では無い。それ以外の理由が含まれているように思えてならなかった。

「……渚さんはお母さんから、人魚に関して教えてもらったんですよね。渚さんのお母さんに、私もお話を聞く事って出来ませんか？」

「それは無理」

はっきりと断られて、むっとしてしまう。それでも渚さんは淡々と話を続けた。

「もう死んだからね」

「え……」

「中学の時に火事でさ。親、二人共。まぁ仕方無いけど」

仕方無い——その真意は何だろう。踏み込んでしまって良いのか、分からない。このまま話を続けるべきなのかも迷ってしまう。

けれど、そこで初めて、彼女にある種の親近感を抱いた。

「そうなんですね……うちと同じだ……」

「アンタんちも？」

「はい。渚さんも大変ですよね。お父さんとお母さんが居なくなって……」

「おじさんとか周りの人が助けてくれるから、そこまで大変じゃないけどね」

笑みを浮かべる渚さんを見て、感心してしまう。

「で、アンタんちの親は何したの？　浮気？」

「……はい？」

「うちは多分そう。だから、死んだのも仕方無いよね。けどさ、浮気も未遂とか疑惑程度で興奮して結構火をつけちゃうんだって。あたしは絶対そんな事しないって決めてるんだけどさ」

「ちょ、ちょっと待ってください。何の話ですか？」

「は？　火事って、結局どっちかの放火でしょ？　アンタのお母さんが人魚の家系なら、まずお母さんの方が火をつけたんだろうけど」

「うちのお母さんはそんな事しません!!」

気付くと、今までで一番大きな声を出していた。渚さんは私の方をチラッと一瞥する。

「あっそ」

怒ったつもりだったが、渚さんは何事も無かったかのように涼しい顔をしていた。

「ねぇ。さっきから、あたしが答えてばっかだから、そっちも教えてよ。樹は何で車椅子に乗ってるの？」

樹の話になると、渚さんは嬉しそうに口角を上げた。

「……個人的な事なので、勝手に話せません」

「えぇ！　良いじゃん！　せっかく数少ない人魚仲間なのに！」

機嫌が良さそうに、渚さんは似たような話を繰り返す。それにどうしても答える気になれなくて、目的地に着くまでの間、私はずっと窓の外を眺めていた。

買い出しと、ついでに晩ご飯も済ませてから民宿には戻った。「明日からはご飯も準備するね」と残して、オーナーのおじさんは近くにある自宅へ帰っていった。そこから更に夜遅くなって、ようやく渚さんも出て行った。

――別の事で疲れるとは思わなかった。

民宿の中が静かになった所で、私は一人表に出た。気持ちを鎮めるために、近くを散歩しようと思った。隣の民家までは距離があり、周辺には道路と葉っぱしか無い。虫の鳴き声と自分の足音以外、何も聞こえてこない。シンとしていて少し怖い反面、今は心地良くも感じた。

けれど、ぷらぷらと歩いていると、その静けさのせいでかえって余計な事を思い出してしまう。行きの道で交わした渚さんとの会話が頭を過り、またムカムカしてきた。

――お母さんとお父さんは仲が良かった。放火が原因なんて、そんなはず無い。有り得ない。あれは事故。

今になって、彼女にああ返せば良かった、もっとこう強く怒れば良かった、と色々な言葉が浮かんでくる。だけど、ずっと腹を立てていても仕方無い。何より、住む場所が異なる彼女とはいずれ別れる。気にする必要は無いと、繰り返し自分に言い聞かせた。

「あれ、泉ちゃん？」

振り返ると、民宿の前で森谷先生が大きく手を振っていた。髪が濡れて、首元にはタオルが掛かっている。

「あ、お風呂上がりですか？」

「そうそう。先に入らせてもらったの。やっぱ外出ると気持ち良いね～！」

森谷先生はこちらに向かって歩いてきて、髪を拭きながら私の近くでしゃがみ込んだ。

「……先生、さっきはすみません。ありがとうございました」

「ん？　何が？」

「その……帰り……場所、代わってもらって……」

「ああ、別に俺は構わないよ。年が近いと、かえって話しにくい事もあるだろうし」

帰りの車では、森谷先生と私の席が入れ代わっていた。私の顔を見て、何かあったと察してくれたのだと思う。森谷先生が渚さんの軽トラで、私は樹や佐伯先生と同じ車で民宿まで帰ってきた。オーナーのおじさんはねちっこい話し方をする時もあるが、行きを考えれば、そう大して苦にはならなかった。

「樹くんはあからさまに嫌な顔をするからね。その点、泉ちゃんは偉いと思うよ。やっぱりお姉さんだね。しっかりしている」

民宿に着いた時、車から降りる森谷先生と渚さんが楽しそうに話していた姿を思い出す。褒めてもらっても、何となく溜息が出た。

「いえ……先生こそ、凄いですね。佐伯先生も前に言っていましたけど、コミュ力が高いと言うか……」

「そう？　ありがと～」

ニヘニヘと笑う姿は相変わらず胡散臭い。けれどずっと一緒に居ると、それだけではなく、違うものも感じ取っていた。

「……森谷先生、あの人とももう打ち解けていましたね」

「んーでも、渚ちゃんが好きなのは樹くんだから」

つい眉間に力が入ってしまう。森谷先生は私を見て、小さく笑った。

「そんな顔しなさんな。あの子のアピールは、確かに激しいけどね」

「……別に樹の事をどう思っていても、私には関係無いです」

「若いねぇ。俺、最近そういうの全く無いから、羨ましいわぁ」

絶えず笑みを浮かべる森谷先生は、余裕があって大人に見える。でも、その時は少し苛ついた。

「だから違います。私はあの人の考え方が失礼だから、好きじゃないだけです」

「考え方？　何話したの？」

「……渚さん、ご両親が亡くなっているそうです」

「ああ、聞いた聞いた」

──本当に、この人は。

樹の時といい、何の繋がりも持たない相手と簡単に信頼関係を築けてしまう。すぐに踏み込んだ話が出来る間柄になる。どうしてだろう。学校とか世の中には、こういう人種が一定の割合で存在する。自分はそこに当て嵌まらないと知っているせいか、余計に腹が立ってきた。

「あの人、親が浮気していたとか……死んだのも仕方無いとか、そう言ったんです」

「うーん……そっかぁ」

森谷先生の声のトーンは変わらない。返ってきたのは、思った以上に普通の反応だった。

「そっかって……幾ら死んでいるからって、親に向かって、そんな風に言うのは良くないんじゃないですか」

「渚ちゃんはそう感じたんじゃない？　勿論、事実関係なんて部外者には分からないけどさ。それに親世代だって浮気はするかもよ。親がやる事やって、俺等は生まれてくるんだし」

「……先生、それ自分の親に向かっても、同じ言葉を言えますか？」

「ん？　俺は別に？」

信じられない気持ちで、冷ややかに森谷先生を見つめる。それでも森谷先生は口元に笑みを浮かべていた。

「あ～……ごめん、気分悪くさせちゃったね。泉ちゃんの親御さんは、きっと仲良しで優しい人達なんだよね」

「……仕事で忙しい父を、母が頑張って支えていました」

うちの家の事情を伝えれば、先生のリアクションも変わるだろうか。一瞬そんな考えも過ったが、話す気持ちにはなれなかった。

「そういや昔、付き合ってた子に怒られた事あったなぁ。『親に対してそんな言い方は良くない』って」

ほらと思って、森谷先生に視線を送る。森谷先生は私から目を逸らして、何も無い真っ暗な道路の方を眺めていた。

「俺の母さん、殴る人だったから。親父も助けてくれなかったし。人にとやかく言われたくないんだよね」

「……え？」

「学校のテストが九十九点で殴られたり、冬場にパジャマで外にほっぽり出されたり、風呂に何度も頭沈められたりさ。コイツが死んでくれたらって本気で思った事、きっと泉ちゃんは無いよねぇ」

口角は上げたまま、森谷先生は目をすうっと細めて、今は私を見つめてくる。直前から表情はそこまで変わっていないはずなのに、今は嫌なものを感じた。

「あの……まさか……」

「いやいや、殺してないよ。顔色を窺う事を覚えてからは、そこそこ良い関係になったと思うし」

「……そうですか」

胸を撫で下ろす。殺したと言われても、今なら信じてしまいそうな気迫だった。

「あ、勘違いしないでね。親御さんを尊敬している泉ちゃんの気持ち、素敵だと思うよ。それを否定したいんじゃなくて、何て言うか……君の常識が他の人にも当て嵌まるとは限らない、ってのを伝えたかっただけなんだよね」

先生は立ち上がり、タオルでわしゃわしゃと頭を拭く。その大雑把な仕草は、いつもの森谷先生だった。

「泉ちゃんも樹くんも、それこそ渚ちゃんも、まだまだ若いんだからさ。色んなものを吸収して欲しいって思っちゃうの。俺等の年になると適応力が落ちて、周りが段々と見えにくくなるからさ」

「……はい」

そう返事したものの、私は目を合わせにくくて下を向いた。

「ヤバッ、頭冷えてきた。俺、ぼちぼち部屋に戻るけど、泉ちゃんは？」

「……私はもう少し、散歩してから戻ります」

「オッケー。じゃあ、また明日ね！　おやすみ！」

「お休みなさい」

森谷先生の背中を見送った後、空を見上げる。せっかく綺麗な星が見えても、余り嬉しい気持ちになれなかった。

――どうしても信用出来ない。

悪い先生では無いと思う。けれど何かが引っ掛かる。樹のために協力してくれる姿勢には感謝している。ただ、あの先生は人が良いだけでは無い気がする。私達のためでなく、何か別の考えを隠し持っているように思えてならなかった。

「……佐伯先生、まだ起きているよね」

森谷先生に比べて、佐伯先生は安心感があって落ち着く。そう考えると佐伯先生と他愛の無い話をしたくなった。森谷先生の姿が完全に見えなくなってから、私も民宿の中に戻った。

一日目

翌朝、共用スペースに集まって四人で朝食をとる。

「佐伯先生の休みと、片道に掛かる時間を考えると……ここに留まれるのは長くて、今日を含めて五日間。今日からは本腰を入れて、色々聞いて回らないとね」

森谷先生の話に、ひとまず私も頷く。この場に不安要素は多いけれど、肝心なのは樹の足を治す方法。それを見つけるために来たのだから、私の好き嫌いは大した問題ではない。最優先は、樹の体に住み着いている、例のにょろにょろに関する情報収集。そのためにも、今日は森谷先生にも渚さんにも普通に接する事を心掛けようと自分を戒める。

「ご飯、どう？」

「美味しいです。ありがとうございます」

「良かった！　あたしも気合い入れて、おじさんの手伝いしたから！」

――って何で朝っぱらから居るの！

佐伯先生は普通に応えていたが、当然のように一緒に座っている彼女へ私はじろりと視線を送った。

「あの、渚さんってお仕事は？　大学の学生さん……？」

「バイト掛け持ちして、生活してる感じだね。結構お金貯まったから、今はちょっとゆっくりしてるの」

自分で働いて凄いと称えたい反面、樹の隣に座り、くっつこうとしている仕草を見ると、こめかみがピクピクと勝手に動いた。

「樹。その玉子焼き、あたしが作ったんだから早く食べて！」

「森谷センセー、あげる」

「何でよ！」

「はっはー……」

幸い、樹自身は彼女に対して鬱陶しそうに振る舞っているのが救いだった。

——でも、こんな考えは意地悪だ。

家の外での樹を私はよく知らない。もしかしたら好きな人が他に居るから、渚さんにあんな余所余所しい態度を取っているだけかもしれない。

姉弟がこれまでずっと一緒だったからといって、この先も一緒に居るとは限らない。むしろいずれ離れていくのが自然な流れのはず。

そうやって色々考えるにつれて、何故か気分は沈んでいく。凄く複雑だった。姉だけど、これが親心に近いものだろうかと思った。

「食べ終わったら、台所の方に食器置いといてくれるかな？　後は片付けるから」

「はい！　ありがとうございます！」

一通り出し終えると、オーナーのおじさんは奥へと消えていった。

「ねぇねぇ。樹はどうして車椅子に乗ってるの？　歩けないの？」

私達四人と彼女だけになった途端、彼女は急に切り出してくる。毎度の如く樹はスルーしているので、代わりに森谷先生が口を開く。

「えーっと、それはね――」

「まさか人魚の肉、生で食べたりしてないよね？」

はっとして、私は彼女を見る。対して樹は無反応。佐伯先生も箸は止めず、静かにご飯を食べ続けている。

ただ森谷先生だけは、ちゃんと言葉を返す。昨日の夜のように目を細めながら、ニヤッと笑った。

「人魚の肉？　俺、オカルト好きだけど、渚ちゃんもそういうの好きなの？」

「別に好きって訳じゃないよ。あたしが人魚だから、人魚に詳しいだけ」

「へぇ。じゃあ人魚の肉って、ここだと実際は人の肉？」

「まぁ、そうなるね」

「ヤバッ！　人肉かぁ……ならさ、ここの人を食べたら、不老不死になったりするの？　ほら。人魚の肉って言ったら、八百比丘尼の伝説が有名じゃん」

「それはあくまで昔話。リアルだと、生で食べれば歩けなくなるよ。人魚は陸を歩けないからね。この辺の人達が人魚ってバレたのも、それが始まりって聞いた事あるし」

誘導して、話を聞き出そうとしている。そんな森谷先生の意図が伝わってくる。佐伯先生の方をこっそり見ると、目が合った。

「歩けないから、人魚？　なるほどねぇ……そんな話があるって事は、この地域だと昔から、人の肉を食べるって行為はあったんだ？」

「らしいよ。でも人魚同士の話で、誰彼構わず食べる習慣があった訳じゃないから」

「人魚同士？」

「そう。人魚同士は感覚で分かるからさ。ねっ、樹？」

彼女はまた樹の方を見る。むっとして、堪らず私も口を出した。

「人魚同士だと、普通と何か違うんですか？」

「当たり前じゃん。人魚には仲間が分かる。でも今は数が少なくなってきて、寂しいの。だから人魚同士で結婚しないと」

ニコニコと機嫌が良さそうに彼女は話す。樹を見る眼差しが気に入らなくて、私はまた言い返そうとしたが――

「あたしと結婚すれば、樹の足も治せるはずだよ」

彼女の発言に息を呑んだ。

「……え？」

「何それ、面白いね！　もしかして愛の力で治せちゃうの？」

森谷先生は笑顔のまま、先程と同じ調子で尋ねる。無関心を装っていた佐伯先生も流石に箸を止めて、顔を上げた。

「それもあるかもだけど！」

渚さんは笑って答えた後、再び樹をじっと見つめた。

「やっぱり樹、生で食べたんでしょ。焼かないとダメって、誰かから教わらなかったの？」

「うるさい」

樹が不機嫌な声を出す一方で、彼女の言葉が私の中で祖母と重なる。そのせいで募っていた苛立ちも次第に収まっていく。

「……どうやったら、治せるんですか」

私の口からは自然とその疑問が零れていた。すると渚さんは腕を組み、得意気な表情をしてみせる。

「人魚の子供の肉を食べる」

「……はい？」

「人魚同士の間に生まれた子供。その子供が赤ん坊のうちに、肉を取って生で食べれば、元に戻るんだって」

あの森谷先生ですら目を丸める。私も言葉を失っていると、代わりに佐伯先生が声を出した。

「赤ん坊の肉を食べて治る？　何かの宗教ですか。そもそも倫理的に問題では」

「肉って言っても、ちょっとだけで良いんだって。足の小指とか。ほら、足の指だったら一本くらい無くても平気じゃん。それに赤ちゃんの頃だったら、本人も分かんないし」

想像しただけで不快な気持ちが込み上げてくる。嘘か本当かはともかく、今の内容を嬉々として話すこの人は尋常ではない。

「だから樹はあたしと結婚して、子供を作れば、また自分の足で歩けるようになるよ！」

「その理由は何でしょうか」

彼女に向かって、佐伯先生は強い口調で続けた。

「理由？」

「生まれたばかりの人魚の肉には、稚魚の興奮を鎮める作用があると言われています」

突然知らない声が部屋に響く。私達は揃って、声がした方に顔を向ける。

「あれ、瑞葉（みずは）じゃん」

けれど誰よりも先に反応したのは、あの女の人だった。

――誰だろう。

顔を見ると、大きな緑縁の眼鏡。デニム越しに綺麗な脚の線が見えた。

「軽トラ無いし、昨日から異様に機嫌が良いと思ったら……男か。いつの間に」

「あはっ。やっぱバレてた？」

あの女の人と雰囲気は全く違うが、会話を聞いているうちに、声の高さが二人共よく似ていると気付く。

瑞葉と呼ばれた人は溜息をついてから、腰に手を当てた。

「小海のおばあちゃん、昨日の遅いうちに亡くなったって。皆、お姉ちゃん探してたよ。おじさんにも今伝えたから」

「……分かった、行くわ。樹、また後でね」

渚さんは立ち上がり、矢継ぎ早に部屋から出ていく。直前に落ち着いた声を一瞬出したものの、樹の名前を呼ぶ時にはまた声のトーンが上がっていた。

「……お姉ちゃん、って……」

渚さんが去って部屋が静まり返った後、新しく現れた女性を改めて見つめた。

「妹の瑞葉です。突然失礼しました」

渚さんと違って物腰が柔らかいその人は、私達に向かって深々とお辞儀をした。

「ご丁寧にどうも……っと、色々と聞きたい事はあるけれど、ひとまず君は行かなくて良いの？」

いつもの如く、森谷先生が話を切り出す。すると彼女は顔を上げて、渚さんが出ていった方向に目を遣った。

「あたしは良いんです。葬式とかの行事は、この一帯だと姉が中心にやっているので」

静かな口調に反して、話し方には何処か棘がある。感情がすぐ表に出る渚さんとは正反対のタイプに感じた。

「渚ちゃんが？　大変だね。もう少し年上の人は助けてくれないの？」

「姉から話があったかもしれませんが、人魚の数は少ないんです。残っているのはご高齢の家がほとんどで。そんな中だと、やはり一番若いうちが動く事になっていて」

「そうなの？　家自体は結構あるように見えるけど」

「ここに住む皆が皆、人魚の家系という訳では無いんですよ。静かな場所だからと、外から引っ越してくる人も居ます。逆に、外へ出ていってしまう人も多いんです」

じっと見つめていると、不意に彼女と目が合った。

「話の途中から聞こえたのですが、ご家族がここの出身なんですか？」

瑞葉さんは真剣な面持ちで、私の目を見て尋ねてくる。渚さんと違って、この人なら信じられる気がして、私は素直に頷いた。

「はい。祖母が自分は人魚だと話していました」

「おばあさんが……」

そこで、はーいと森谷先生は手を挙げる。

「じゃあ、さっきの話に戻して良い？　稚魚って、どういう事？」

昨日通った道を歩きながら、私は瑞葉さんの話に必死に耳を傾けていた。

「人魚の体には、稚魚が住んでいると言われています」

「稚魚って、もしかしてあの寄生虫？　透明なミミズみたいな？」

森谷先生は平然とした様子で尋ねるが、樹の爪先で動いていた例のにょろにょろを思い出して体がゾワッとなった。

「ミミズ……まぁ確かに見えますね……」

「アレってこの地域だと、どんな認識なの？　稚魚なら、その卵は何処から？」

「人魚の血筋だと、母親のお腹に居る時に、既に卵を持っているそうです。だから本来、その卵から孵った稚魚自体は無害だそうで」

「無害？　でも樹は……」

車椅子を押しながら、樹を見つめる。瑞葉さんも樹の足元へ視線を送った。

「それはあくまで、自分の稚魚だけの話です。他の人魚の稚魚が混ざると、歩けなくなる……だから稚魚が生きているような生の状態では、絶対に食べちゃいけないって教わるんです」

「へぇ。具体的には、どうして歩けなくなるって考えられているの？」

「人魚は仲間で集まる習性を持っていて、他の稚魚まで混ざると興奮してしまう。それで本来の人魚の姿に戻ろうとする力が強くなるからって聞いた事があります」

ふーんと声を出して、森谷先生は口元に手を当てた。

「人魚に戻る……陸で歩けなくなるって意味か」

「下肢に炎症が見られる理由でしょうか……」

しばらく黙っていた佐伯先生がポツリと呟き、目を伏せる。森谷先生はそれに応えるように頷いた。

「何で下肢が好発部位なのかは分かんねぇけど、異物反応の延長として捉えれば、まぁ理屈は通りますわな。人間の足元で害を為す寄生虫ねぇ」

「人魚ではない一般の人に対しても、同様の症状が出るのは、感染に伴う過剰な免疫応答……？」

「つか、そもそも母子感染？　話聞いていると、地元の人達は風土病より、信仰みたいな捉え方しているっぽいですけど」

先生達の会話を聞いていると、瑞葉さんから二人が何者かと聞かれる。私は大学病院の先生とだけ答えた。

「ねぇ、瑞葉ちゃん。それで稚魚が起こした障害が、赤ちゃんの生肉を食べると何で治るの？」

「赤ん坊の頃は、まだ体の中で卵が孵っていないそうです。その卵は人魚の昂りを鎮めると言われているので、今度は逆に生で食べる事で、治す事が出来るんだとか」

「ふーん……人魚の卵は、歩けなくなった足を治せる……受精卵の全能性？　それとも消炎物質でも含んでいるのか」

「そうだとしても、赤ん坊の体を傷付けるのは……」

森谷先生と佐伯先生は難しい単語を交えつつ、二人だけで話を続ける。正直、内容の半分位は分からないが、それは私だけでは無いようだった。

ポカンとして黙ってしまった瑞葉さんに、私は持っていた疑問をぶつけてみる。

「実は、おばあちゃんから『焼いて食べなさい』とも聞いていて……」

「あ、それも有名な話なんですよ。人魚の肉を食べると、綺麗になれるって」

好きな人が出来たら食べると良い――そう話していた祖母の言葉を思い出す。

「綺麗になれる……それ、本当に……？」

「はい、本当だと思います。整形したみたいに顔が変わる訳じゃないけど。肌が凄く綺麗になって若く見られたり、良い匂いがして魅力的になったりするとか。だから人魚の血筋の人は誰かにお願いをして、貰った肉を焼いて食べる事が結構多かったみたいです」

意識せず、私は樹を見てしまう。樹も本来そうしたかったはず。間違えて焼かずに食べてしまったけれど。

樹の引き止めたかった相手が気になるが、皆の前で聞く訳にもいかない。私は「そうですか」とだけ小声で返した。

「何かそれも物騒なような、ロマンチックなような、微妙な話だねぇ」

私達の会話が聞こえていたようで、森谷先生が唸りながらそう呟いた。

「今の、センセーからしたらロマンチックなんスか」

「え？　仲間の人魚の肉を食べたら、恋が叶う確率上がるって、可愛い話じゃない？」

久し振りに樹が喋ったかと思えば、森谷先生に茶々を入れたかっただけらしい。

森谷先生は樹と目を合わせた後、再び瑞葉さんに声を掛ける。

「横から入って悪いけど、今の話……一般の人もそうなの？　人魚じゃない人が、人魚の肉を焼いて食べたら、綺麗になれるとか」

「普通の人に効果は無いですよ。綺麗になれるのは、あくまで人魚だけです。他の稚魚の死骸が、生きている稚魚には栄養になるみたいで」

「ふーん。良い効果は人魚にしか出ないけど、生肉食べた悪い影響は誰にでも現れるって感じかな。なるほどなるほど。なかなか困った虫だね」

「そうですね……」

佐伯先生と一緒になって、森谷先生も真面目な表情を見せる。けれど昨夜の件もあって、どうも森谷先生の言葉には裏があるような気がしてならなかった。

思い返せば森谷先生は、佐伯先生から話を聞いて、わざわざ私達に会いに来たのが始まり。口では困ったと言っていても、本心では別の事を考えているのではないかと勘繰ってしまう。

「あ、見えました。あの家です。お二人のおばあちゃんを知っているかもしれないのは」

そうこうしているうちに、瑞葉さんに案内されて、目的としていた場所が見えてきた。

「沙江子さんはね、物静かな人だったよ。本を読むのが好きでね。それが外から来た男と一緒になったら、出ていってしまってさぁ……」

瑞葉さんが紹介してくれた高齢の女性は、ゆったりとした口調で話を続けていく。祖母宛ての年賀状の差出人は既に亡くなっていたが、その人と古い付き合いがある人だと説明を受けていた。

私は正座をしたまま、目の前の女性に問い掛ける。

「外から来た人って……」

「避暑で来ていた子だったかね？　忘れたよ」

祖父が遊びに来た時、お互いに一目惚れをしたと祖母から馴れ初めを聞いていた。女性の話は、以前に教えてもらった祖母の思い出話と一致する。もう少し細かい事情を知るために、どう切り出そうかと悩む。

「何で出ていったとかは、知っていますか？」

私より先に尋ねたのは、まさかの瑞葉さんだった。私は驚いて目を張る。その傍らで、女性は顔をしかめた。

「……夜逃げみたいだったと聞いたよ。沙江子さんは元から、ここが余り好きじゃないみたいだったからね。だからあたしもそう仲良くしてないし、詳しい事は知らんよ。何十年も前だから、分かる人も見つからんだろうに」

女性に挨拶をして家を出ると、早々に瑞葉さんが私の隣へやってきた。

「すみません。あんまり大した話が聞けなくて……」

「いえ、そんな事無いです！」

確かに当時の事情が分かった訳じゃない。けれど祖母の情報を求めた理由は、昔の話を探すためではなく、樹を治す手掛かりを探すためだった。

それも今朝、渚さんの口からあっさりと告げられた。

——人魚の赤ん坊の生肉を食べる。

そんな方法、到底受け入れられるものでは無い。たとえ探していた答えが見つかったとしても、他の選択肢を探すべき。

だからまだ帰れない。何を調べるべきなのか、私は周囲に並ぶ民家を見渡した。

それからも瑞葉さんに案内してもらい、数軒の家を回った。だが結局、似たような話しか聞けなかった。最初の高齢の人が話していたように、祖母はこの一帯の人と親しくなかったらしい。

「おばあちゃん、ここから出たかったのかな……」

「かもしれませんよ」

暗くなってきた帰り道、私の隣で瑞葉さんが呟く。私だけでなく樹も顔を上げて、瑞葉さんを見つめた。

「こんな場所ですからね。都会に憧れるし、外に出たいって気持ちはあたしも分かります」

「へーえ。じゃあ瑞葉ちゃんも、そのうち外に出るの？」

森谷先生に聞かれると、瑞葉さんは腕を組み、小さく唸った。

「なかなか難しいですね……さっきも言いましたが、うちは一番若い人魚の家系なので。姉も居ますし、やっぱり傍で支えないといけないかなぁって」

「そっか。お姉ちゃん想いだね」

瑞葉さんは眉を下げて、困ったように笑う。その笑い方が可愛らしくて、私の口元は自然と緩んだ。

「あー、居た居た」

後ろから不意に車のエンジン音が近付いてくる。振り返ると黄色い軽トラが見えて、私は今まで浮かべていた笑みを反射的に消した。

「お姉ちゃん？　そっち終わったの？」

「まぁ今日はね」

軽トラはゆっくりと走り、私達の横にピタリと付く。渚さんは運転をしながら、器用に樹へ向かって手を振った。無反応の樹に、それを見て森谷先生が笑う光景にも徐々に目が慣れてきた。

「明日、小海のおばあちゃんの葬儀と告別式するから。瑞葉も手伝ってよ」

「……分かった」

瑞葉さんの表情が心なしか曇る。心配になって顔を覗き込むと、彼女はまた先程のように私に微笑んだ。

「どうしたの、泉ちゃん」

「何か……大丈夫かなって。大変ですよね、きっと……」

「手伝いは何度もしているから、大丈夫ですよ。ありがとうございます」

本当に姉妹なのかと思うほど、瑞葉さんと渚さんの態度は違う。渚さんはと言うと、案の定、また樹に話し掛けていた。

「あたしも今から帰るから、朝みたいに、また一緒にご飯食べよっ！」

「いい」

「何で⁉」

「渚ちゃんは働いた後なのに、元気だねぇ」

喋り易い瑞葉さんとは反対に、どうしても渚さん相手だと尻込んでしまう。でも気が付くと、佐伯先生も喋らなくなっていた。佐伯先生も私と同じように、彼女の気迫に押されたのかもしれない。

そう思うと何となく安心した。


「移動だけでも、結構時間が掛かっちゃいますね」

「田舎特有の、家と家との距離が離れているパターンですから。車があると楽なんですけど、軽トラは大抵お姉ちゃんに取られちゃってるので」

民宿に戻ると晩ご飯が用意されていて、渚さんが言ったように、そのまま全員でご飯を食べる流れになった。

　瑞葉さんが一緒なのは色々と話が聞けて良かったが、食事が終わった今でも、渚さんは変わらず樹にベッタリ。森谷先生とゲームをしている樹の傍に座ったままだった。

「何か、すみません……お姉ちゃん……ここのおじさんも、お姉ちゃんに甘いから……それで余計にやりたい放題で……」

　こそっと見ていたのがバレたらしく、瑞葉さんは急に話題を変えてきた。

「いいえ、そんな！　渚さんのお陰で、泊まらせてもらえる事になったんですし」

「でも樹君、絶対鬱陶しそうですよね……」

——自分も同じように感じているから、何とも言えず。

　樹達が座るテーブルの方に、私と瑞葉さんは揃って視線を送った。

「……そう言えば、佐伯先生はさっきから何を読んでいるんですか？」

　会話に困って、ふと佐伯先生を見る。先生は私達の向かい側のソファに座って、何かをペラペラとめくっていた。

「これですか？　そこの本棚に置いてあったので、気になって」

「あ。それ、あたし達が小さい頃に読んでいた絵本ですね。埃っぽくてすみません。ここに置いてあったんだ」

　私からも確認出来るように、佐伯先生が絵本を持ち上げてくれる。見えた表紙には人魚姫が描かれていた。

「やっぱり人魚なんですね」

「教訓として、よく教えられていました」

「教訓？」

「うん。こんな風になっちゃダメよって」

こんな風とは、最後の終わり方だろうか。童話の人魚姫は確か、好きだった王子様が他の人と結婚してしまい、自分は海の泡になる事を選んだはず。

「必ず好きな人と結ばれて、幸せになりなさいって。お母さんによく言われました」

そこだけ聞くと素敵な言葉に感じる。けれど恋を叶えるためには、物語では相手の女性が障壁になったはず。まさかとは思うが、嫌な考えが一瞬頭を過った。

「そうですか……この辺りだと、ここに書かれた内容が一般的なんでしょうか？」

瑞葉さんが頷くと、佐伯先生は顔をしかめる。

「ここに書かれた内容って……他と何か違うんですか？」

「冒頭、王子の乗る船が沈没して、人魚姫が助けるシーン……船が崩壊する原因を作ったのは、人魚姫自身なんですよね。甲板に火をつけて」

「人魚姫が？」

「王子が他の子と踊っていたから、ランプの油を零すんですよ。昔、アニメの人魚姫を見たら、そんなシーン無いから変だなぁとは思ったんですけど……やっぱり違うんですね」

「何で人魚姫が火をつけるんですか」

「え……あたしは嫉妬かなって思っていました。王子様を取られたくなくて」

自ら火をつける——その言葉に渚さんの話を思い出してしまう。あの時、考えないようにしていた話の輪郭が少しずつ浮かび上がってくる。

人魚の血筋の人が、本当にそんな気質を備えているとしたら。祖母が人魚なら、祖母の娘に当たる母も。それなら当然、私も……。

「おーい。倉庫を掃除しとったら、花火が出てきたぞ。ちょっと古いけど、渚ちゃん要るかい？ 要らんなら捨てるし」

「要る！　せっかくだから、皆でやろ！」

彼女の声で我に返り、私は顔を上げた。

「俺等は部外者だから良いかもしれんけど、二人は良いの？　お知り合いが亡くなったばかりなんしょ」

「うちは行事を仕切ってるだけだから！　明日からバタバタするし、遊ぶなら今だよ」

「お姉ちゃんが言うなら、あたしはまぁ……」

急かされるまま、全員で外に出る。花火を広げる渚さんの様子を私は見守った。

「ほら、泉も」

余りそんな気分になれなかったが、渚さんから差し出された花火を一本受け取る。

「樹もゲームばかりじゃ飽きちゃうでしょ？　いつ花火やっても怒られないし、ここも案外良い所だよ！」

「俺はゲームで良い」

向きを変えて、樹は民宿の中へ戻ろうとする。けれど森谷先生は樹の車椅子を掴み、その場に引き止めた。

「まあまあ！　こうなりゃせっかくだから、やるか！　花火！」

「センセーだけで頑張って」

「樹くんもだよ」

「何でだ！　俺はいいって！」

「ダーメ！　一緒にやろうぜ！」

騒ぎ始めた森谷先生と樹を余所に、佐伯先生は運んできたバケツを地面にゆっくりと置く。花火をするなら水が必要と、台所から汲んできてくれた。

「森谷君。周囲に民家が無いとは言え、夜ですよ。余り大きな声は出さないように気を付けてください」

「はいよ！」

こんな時でも佐伯先生はしっかりしていて、テキパキと動く姿に見入ってしまう。

「佐伯先生って、格好良いね」

「う、うん……」

瑞葉さんに言われて、素直に頷いていた。

「渚さん、外に水場は無いんでしょうか？　バケツも中から借りてきましたが……」

「昔は井戸があったけど、埋めちゃったんだって。だから水は中から持ってくるしかないね」

「だそうです、森谷君。くれぐれも行き過ぎた行動はしないでくださいね」

「何で俺ばっか注意されんの⁉」

「ざまぁ」

周囲から笑い声が漏れる。直前に気が滅入っていた私も、つられて少し笑ってしまう。そんな中で、ふと瑞葉さんと目が合った。

「お姉ちゃん、言い出したら聞かないからさ。泉ちゃんも諦めて、一緒にやろうよ」

用意していたライターを構えて、瑞葉さんは私が持っていた花火に火をつける。

「わわっ……！」

「……久し振りに見ましたが、綺麗ですね」

「あれ、泉ちゃんノリノリじゃん！　ほら樹くん、俺達も！」

「だから！」

今は気掛かりな事も多い。それに樹を治すためにここへ来たのに、楽しんで良いのか。内心そう思う反面、勢いよく溢れてくる火花を見ると気持ちは高揚した。

「センセ、その花火は持ってやらないいんスか」

「樹くん、これは打ち上げ花火と言って置いて楽しむものだから、持ってやるのはなかなかハードモードだと思うよ」

「森谷君、発言と動きが違うんじゃないですか。ちゃんと置いて。危ないから」

樹と森谷先生のおふざけが度を過ぎないか、佐伯先生が監視している。渚さんはそれを見て、楽しそうに笑っていた。

「泉ちゃん、もうやらないの？」

「え？　う、うん」

しゃがんで皆をぼうっと眺めていると、瑞葉さんが隣にやってくる。その手には花火が握られていたが、瑞葉さんは私に押し付ける事は無く、自分の手元だけに火を灯した。

渚さんが持ってきたのは線香花火。目の前でパチパチと広がる華やかな火花に目を奪われる。

「綺麗ですね」

「だよね」

瑞葉さんが私にタメ口で話してくれるのが嬉しい。けれどその一方で、先程からぐるぐると回っている嫌な考えが再び頭に浮かんできて、私は膝を抱えた。

「どうしたの？　さっきから、何か暗いね」

気を遣ってくれているのか、瑞葉さんの口調が一層優しくなる。少し迷ってから、私は考えていた事を口に出した。

「人魚の人って、本当に火をつけるんでしょうか……」

「え？　花火？」

「ではなくて、その……渚さんから聞いたんですけど、二人のお母さんとお父さん……」

瑞葉さんは、ああと呟く。思い直して謝ったが、彼女は「気にしないで」と笑った。

「うちはそうだと思うよ。火事になる直前に『一緒に死んで』ってお母さんが叫んでいるの、あたし聞いたからね。うちのお母さん、昔からかなり激しい人でさ。お父さんの鞄に知らないピアスが入っていた時なんて、家中に響き渡るくらい、凄い剣幕で怒鳴り散らかしていたし」

想定していた以上の話に言葉を失う。それと同時に、内側でくすぶっていた嫌な感覚がまたはっきりと姿を現してくる。

「お姉ちゃんから聞いているかもしれないけど、愛情深い反面、そういう突発的な所があるらしいよ。人魚の人って」

「……私のお母さんとお父さんも、火事で死んでいるんです」

察してくれたのか、瑞葉さんの顔から笑みが消える。私は深く俯くが、隣からは変わらず視線を感じた。

「泉ちゃんのお母さんとお父さん、あんまり仲良くなかったの？」

「そんな風に感じた事はありませんでした……でも……」

思い返せば、今になって気になる事が次々と浮かんでくる。それとも無意識のうちに、自分で見ない振りをしていたのかもしれない。

「お父さん、帰りが遅いのは仕事だと思っていたし……お母さんもそれで、機嫌悪い時があったけど……いつも頑張ってご飯作ってくれていたし……」

「同じ火事でも、事故の場合だってあると思うよ」

「……でも、その頃、私が進路の事で毎日喧嘩していたから……家の中、ずっと空気が悪くて……」

「進路？」

「うん……友達と一緒に、東京の大学に行きたいって話していたんです……でもお母さんは特に反対で……いつもより、イライラしていて……そう言えば、お父さん……あの頃、いつもより帰りが遅かったような……」

「泉」

ぶつぶつ呟いていると、名前を呼ばれる。前を見ると、いつの間にか正面に樹が居た。その後ろでは、地面に置かれた打ち上げ花火が空高くまで火を噴き出している。けれど森谷先生も佐伯先生も、渚さんもこちらを見つめていた。

「な、なに――痛っ」

樹に頬をつねられてから、強引に何かを手渡される。手元に来たものを確認すると、そこには打ち上げ花火の文字が書かれていた。

「やる」

「いや、だから！　これは手でやるものじゃないからね⁉」

渡された筒から視線を上げるが、その時、樹が瑞葉さんを睨んでいるようにも見えた。

「……そっか」

ポツリと呟いた後、瑞葉さんは私に笑い掛けてくる。

「泉ちゃん。それ、火つける？」

「え？　打ち上げ花火って、ちょっと怖くないですか？」

私が瑞葉さんと話し始めると、樹は車椅子を動かして私達の傍から離れていった。

「普通のライターじゃ怖いなら、こっちの長いヤツ使うかーい？」

「くださーい！」

森谷先生から先の長いライターを投げられる。それを瑞葉さんが受け取るが、結局そのライターは私の元にまで流れてきた。

「本当にやるんですか⁉」

「弟君がくれたんだから、やらなきゃダメじゃない？」

打ち上げ花火のせいで暗い話が飛んでいき、今は手元にある花火の対処に戸惑ってしまう。

「怖いの？　泉、ビビリだね～」

「ち、違います！」

「無理しないでくださいね」

佐伯先生はフォローしてくれるが、渚さんに囃し立てられて、私は打ち上げ花火を地面に置いて準備をした。

二日目

昨夜は花火で寝る時間が遅くなってしまい、翌日の朝は少し眠気が残っていた。

「この四人だけなの、何か久し振りに感じるね」

朝ご飯の鮭をかじってから、森谷先生が話し始める。私は頷くが、樹は特に反応せず、黙々と食べ続けていた。

「ご葬儀があると話していたので、瑞葉さんと渚さん、今日は忙しいでしょう。でもあのお二人が居ないと、動きにくいですね」

「だよね。どうしよっか。勝手に回っても良いけど、地元の人が人魚の事、俺達にすんなり教えてくれるとは思えないし」

箸を止めて、私も先生達の顔を見つめる。図書館でもあれば良いが、この一帯にそういった建物は無いらしい。手掛かりを探すとなれば、結局人に頼るしかない。

「樹くんの足を治す方法ねぇ……一応、渚ちゃんと結婚するって選択肢は分かったけど」

箸を握る手につい力が入る。一方で樹は無反応。もはや何も聞いていないようだった。

「樹くん自身の話なのに、君は何処吹く風だねぇ。車椅子、気に入ってるの？」

隣に座る森谷先生から、樹は額にデコピンをされる。そこでようやく「いてぇ」とだけ声を出した。

「おはよー！」

「おはようございます」

不意に扉が開いて、黒い服を身に纏った二人が入ってくる。瑞葉さんは落ち着いた色も似合うが、渚さんは喪服でも、やはり張った胸元に目が行ってしまう。

そんな渚さんは服装が変わっても、振る舞いは変わらない。腰に手を当てて、私達を前に一方的に話し始めた。

「うち等と一緒に見に行く？　ここの葬式って、他とは違うらしいから」

他と違う点に関して森谷先生が尋ねると、人魚という単語がまた出てきた。

「正直気になるけど、それって俺達も行って良いモンなの？」

「あたしが良いって言えば、平気。それに樹はここに住むかもしれないでしょ」

ピクッとこめかみが動いてしまう。私は慌てて前髪を触り、歪んだ自分の顔を隠した。


人魚の情報を集めるためとは言え、誰かのお葬式に軽々と顔を出す行為は気が引ける。喪服の人達が出入りする家からは少し離れた所で、私は立っていた。

先生達は私達の分も挨拶してくると話して、家の中へ入ったきり。樹は私の視界の中には居るが、渚さんの知り合いらしき数人に囲まれていた。妙な疎外感を覚えて、私は地面に目を落とす。

「お待たせ。あれ、樹くんは？」

急遽貸してもらった黒い上着を脱ぎながら、先に森谷先生が戻ってくる。一度は目線を上げたものの、私はまた下を向く。先日の事があってから、森谷先生とは何となく目を合わせ辛かった。

「向こうに居ますよ」

「本当だ。あのマダム集団、何？」

「……渚さんの知り合いらしいです。樹が一人でウロウロしていたら、いつの間にか捕まっていました」

「ふぅん。渚ちゃん、周りも固め始めたか。凄いな」

森谷先生の声は少し笑っているが、私は後ろで組んでいた手を握り締める。

「この後、場所を変えるそうです」

遅れて佐伯先生が戻ってくる。佐伯先生の声が聞こえた途端、私は顔を上げた。

「泉ちゃん、渚ちゃんの事が嫌いなんだね」

唐突に話題を振られて、思わず森谷先生を見る。森谷先生は佐伯先生の方を向きつつ、その口角を上げていた。

「別に……森谷先生は仲良いですよね」

「そう？　俺は誰とでも、そう変わらんよ。まぁでもあの子は、年の近い女の子からウケが悪いだろうね。男の子からは知らんけど」

むっとして森谷先生を睨む。すると先生も私の方を見て、あの時と同じように目をゆっくりと細めた。

「あの子と結婚して樹くんが治るなら、泉ちゃんはどうする？　樹くん、ここに置いていく？」

話が聞こえたのか、佐伯先生は私達の傍まで来ても黙っていた。

「え……それは……」

「治療法があるなら、俺はそれを否定しないよ」

私は目を見開く。森谷先生は「ん？」と言うだけだったので、咄嗟に佐伯先生へ目を移す。

「でも先生達だって、あの時……」

「……」

見つめても、佐伯先生は何も言ってくれない。困ったように眉は寄せているが、私が求める助け舟は出してくれない。

そこでようやく、佐伯先生は私ではなく、森谷先生に近い位置で立ち止まっている事に気付いた。

――佐伯先生もあくまで先生。どうして、私の味方をしてくれると思ったのだろう。

「世の中、治療法が見つからず、それでも必死に藻掻いている人は沢山居るからねぇ」

森谷先生の言葉に、佐伯先生は無言で頷く。

「……そうだとしても……樹だって、話の度に嫌な顔をしています……押し付けるのは……」

「勿論、本人の気持ちが一番大事。けどね、治る見込みがあるのなら、そこへ気持ちが向くように
サポートしてあげるのも、周囲の役割かもしれんよ」

――この人が苦手だ。

渚さんとは違う種類の苦手。ヘラヘラとしていて、何を考えているのか分からない。それなのに、ここぞと言う時には正論を吐いてくる。間違っていないけれど、凄く嫌な答えを提示してくる。

後ろで組んでいた腕を解いて、今度は前で両手を握り締める。俯いていると、ポンポンと頭を撫でられた。

「恋愛感情も含む問題です。森谷君が言う事も一理ありますが、絶対では無いですよ……すみません」

「まぁね。泉ちゃんも樹くんが好きだから、自分の嫌いな人と樹くんが子供作るって、抵抗あるだろうし」

「べ、別にそこは……」

好きという単語に過剰に反応してしまう。すぐさま前を向くが、頭にあった手は既に引かれていて、誰の手だったのかは分からなかった。

「それに赤ん坊の肉を食べるなんて、倫理的にも問題があると思いますよ」

「んーでも話を聞く限りだと、誰かの肉を食べるって、この辺だと意外にあるあるっぽいんですよね。郷に入りては郷に従えって考え方もありますし」

佐伯先生は腕を組んで、小さく唸る。たとえ先生同士が似た考えを持っていたとしても、佐伯先生は困惑しているように見えた。そんな様子に内心ほっとする。

「まぁ今すぐ結論出す必要は無いんだけどね。まだ他に方法が出てくるかもしれないし」

「……そうですね」

「そうそう。さぁて、いい加減、マダム達に囲まれている樹くんを助けに行くか」

森谷先生は樹が居る方へ歩き始める。私達に背中を向けるが、そこでチラリと私を一瞥してきた。

「ただ、個人の好き嫌いで、物事を判断したら勿体無いって言いたかっただけ。怒らないでね、泉ちゃん。最終的な決定権を持っているのは、あくまで君達だからさ」

私が返事をしなくても全く気にしない素振りで、森谷先生は樹の元へ向かっていった。

「泉ちゃん達！　もうすぐ移動するので、また車に乗って……って、どうかしたの？」

そのせいで瑞葉さんがせっかく来てくれても、私は微妙な顔をしたままだった。


棺ではなく、藁に包まれた遺体が私達の前を運ばれていく。

「火葬場に行く訳じゃないんだ」

「はい。外まで出ないと、そんな施設はありませんし、この地域は水葬が主なので」

「水葬？」

聞き慣れない言葉に、森谷先生と瑞葉さんの話の腰を折ってしまう。けれど瑞葉さんは嫌な顔をせず「うん」と私に返した。

「体を燃やすのは、陸にお別れをするため。今日一日は安置するけど、最後は水の中へ還してあげるの。だから水葬」

話を聞く最中、祖母のお葬式が脳裏に蘇る。祖母の遺骨を持ってきてあげるべきだったかと、今になって後悔する。でも祖母は、祖父と共に外の世界へ出たのだから、祖父と同じ墓へ入った方が喜んでくれるに違いないと思い直した。

「失礼だけど、すっげー野暮な事聞いていい？」

「どうぞ」

「……燃えるの？」

「勿論、全部は燃えませんよ」

二人の会話に再び首を傾げていると、佐伯先生が小声で話し掛けてくる。

「火葬場の火力はかなり強いんです。今、準備されているような、薪をくべただけでは、とても……」

「あ……」

ただ燃やすだけでは、遺体は火事に遭った時と同じ状態になるだけ。そう気付く。

「そういう事。だからここで、一旦解散。燃やしても人の形は保っているけど、見た目がグロくなるからね。平気な人だけが後でまた集まって、明日の準備をするの」

人の集団から抜けて、渚さんが私達の元へ歩み寄ってくる。彼女が向かった先は、やはり樹の傍だったが。

「あたしもこれでしばらく休憩だから、どっか案内しよっか？」

「いい」

樹を特別扱いする渚さんが好きじゃない。けれど先程の森谷先生の言葉が、まだ耳の奥に残っている。個人の好き嫌いだけで判断するのは良くない――と。あの言葉は決して間違っていない。だからこそ余計にモヤモヤしてしまい、私は樹達から目を背けた。

「確か……亡くなった方も、人魚の血筋なんですよね」

渚さんの勢いに押される中、声を出したのは佐伯先生だった。

「そうだよ。一番年配だったおばあちゃん」

「これまでの話から推し測ると……火によって、ようやく体内の稚魚は死ぬんですか？　本人の死に追従する訳ではなく」

ニヤリと不敵に笑って、渚さんは真っ直ぐに立つ。

「うん。長い時間経てば、そのうち稚魚も死ぬけど、本人が死んでからも、まだしばらくは生きてるよ。水に沈める前に一度焼くのは、体に残ってる稚魚を焼き殺すための風習とも言われてるの。万が一、何も知らない人が人魚の肉を食べても、害が無いようにってね」

「ふーん、風習ねぇ……いかにも寄生虫の始末っぽいけど」

ポツリと呟いた森谷先生に、佐伯先生は視線を送る。先生達はお互い目配せをしていたが、やがて佐伯先生は渚さんに目を戻した。

「その明日の準備……部外者でも手伝わせてもらえますか？」

「手伝うって……」

顔をしかめる瑞葉さんと違い、渚さんは笑みを浮かべたまま腕を組んだ。

「本気で言ってる？」

「俺と佐伯先生だけで良いよ。学生さんの二人に、途中のご遺体は厳しいだろうから」

森谷先生も真剣な表情になる。そんな先生達を見て、意図する所を察する。

人魚の血筋。その体の中の稚魚。寄生虫と話していたあのにょろにょろの生態が具体的に分かれば、樹の足を治す他の治療法も見つかるかもしれない。

――だったら、怖いなんて言っている場合ではない。

「私は平気です。遺族の人が許してくれるなら、出来れば私もお願いします」

渚さんは私達を見定めるように、まじまじと凝視してくる。一方で瑞葉さんは、深く俯いていた。

誰かのお葬式。私は顔も知らない人。その人が亡くなって、近しい人達が沢山悲しんでいる。そんな中で、動かなくなったからと言って、その人の体はすぐに焼かれてしまう。私の目には、葬式は不思議で怖い風習に映っていた。

そして、そのイメージはここへ来ても変わらない。夜になると、遺体を燃やすために上がっていた火の気はすっかり収まり、辺りにあった人の気配もまばらになっていた。

「手伝いって言うより、人魚の事を知りたいんでしょ。樹には、よく知ってもらいたいから、特別ね」

準備に立ち会いたいと私が名乗り出た後、自然と樹も一緒に動いた。だから私達は四人揃って、野外に置かれた棺の前に立っていた。

「明日には、水の中へ？」

「この棺ごとね」

燃やされた遺体は既に棺に納められたらしい。遠くから見守っていた時に、数人の男性が遺体を移している光景が見えた。その人手の中には、民宿のおじさんの姿もあった。働く人々を指揮する渚さんは、まるでここの女王様のようだった。

「明日の水葬までは、またおうちへ一旦戻すの。だから今のうちなら良いよ。小海のおばあちゃんも、新しい後継ぎのためなら怒らないから」

渚さんの発言は所々が引っ掛かったが、今は目の前の棺が気になって仕方無い。祖母のお葬式を思い出して、さっきから心臓がドキドキしている。

「あの……本当に見るんですか？　結構辛いから、正直止めた方が……」

不安そうに瑞葉さんが呟く。余程心配してくれているのか、ずっとおどおどしていた。

「本当、泉ちゃんと樹くんは無理しないようにね」

皆で棺に向かって手を合わせた後、森谷先生は棺の蓋に指を掛ける。

「重っ」

「手伝います」

先生達の様子を樹はじいっと見つめるだけだが、私は意を決して、棺の元に一歩近付いた。

けれど蓋が少し開いた途端、異様な匂いが鼻を突いて、怯んでしまう。

——おばあちゃんの葬式の時とは違う。

恐らく骨だけでは無いから。まだ肉が残っているせいなのだろう。失礼だからと気を付けていたはずなのに、私は反射的に鼻と口を手で覆っていた。

それでも先生達は蓋を全て開ける。月の薄明かりの下で、棺の中から黒い姿が浮き上がると、先生達は再び手を合わせた。

「……泉は見ない方が良いと思うけど」

樹の声にはっとして、私も手を合わせる。そこから深く頭を下げた。

「……ダメ。あのにょろにょろした虫の事、ちゃんと知らないといけないから」

私はもう一度足を踏み出す。その頃にはもう、先生達は棺の中を覗き込んでいた。

「思った以上に炭化しているね」

森谷先生はスマホを出して、遺体の足元をライトで照らす。

「どう？　居そう？」

「……いえ」

「まぁ元から、滅多に姿を見せない子達だったからなぁ」

先生達は早々に、ここでは稚魚と呼ばれている、例の寄生虫が見えないかと探している。私も手伝おうとして、精一杯に身を乗り出す。

「……ここまで来たら、稚魚はもう動かないから、見ても……あの、そろそろ移動するので……」

ぼそぼそと瑞葉さんが喋る。その話し方はいつもと違って、違和感を覚える。気になって瑞葉さんの方を盗み見ると、唇が僅かに震えていた。

「……そうですね。余りジロジロ拝見するのも失礼ですし」

屈めていた背中を戻して、佐伯先生はすくと立ち直す。だけど森谷先生は棺の傍らに膝をついたまま、スマホのライトを動かしていた。今は遺体の頭部が照らされて、焼け焦げた顔が見える。既に原形は留めていない。唇は黒く崩れ落ちて、白い歯だけが浮いている。私は堪え兼ねて、目を逸らした。

「ねぇ、渚ちゃん。亡くなった小海のおばあちゃまって、ご高齢だったよね」

「うん。九十は超えてたよ」

ふーんと言った後、森谷先生はスマホのライトを切り、乗り出していた体を元に戻した。

「もう良いの？」

「良いんだけどさ、一つ聞いていい？」

森谷先生は頭だけを動かして、渚さんと瑞葉さんに視線を送る。

「歯がさ、違う気がするんだよねぇ」

ビクッと瑞葉さんの肩が揺れる。目は泳いでおり、声を掛ける事すら躊躇してしまう程、明らかに動揺していた。それに反して渚さんは、半笑いで話を続ける。

「歯って？」

「ご自宅へ挨拶に伺った時、部屋に入れ歯ケースがあったんだ。つう事は、恐らく入れ歯を使っていたと思うんだけど、どうもこのご遺体は歯がほぼ揃っていらっしゃる」

話の流れが読めず、私は黙って聞くだけだったが、佐伯先生はそこで割って入っていく。

「具体的にお幾つか分かりますか？」

「咬耗具合から……五十、六十位には見えるかな。法歯学は俺の専門じゃないから、感覚だけどね」

「法歯学？」

「亡くなった方の歯を見て、その人の事を調べる学問だよ。歯医者の中でも、かなりマイナーなジャンルだけどね。火事に巻き込まれたり、時間が経って腐敗が進んでいたりすると、指紋も分からなくなるでしょ？　そういう時は歯が手掛かりになったりするからさ」

私の問い掛けに森谷先生はすらすらと答えていく。その傍らで何故か、渚さんはクスクスと笑い始める。

「へぇ。森谷先生って、何してる人？　病院で働いてるんじゃないの？」

「病院で働いてる歯医者さんなんだよねぇ。世の中的には、ちょっと知名度は低いかも？」

「歯医者さん！　そんなパターン、分かる訳ないじゃん！」

今度は突然、渚さんは声を高くして笑い出す。真っ黒な遺体を前にして、楽しそうに笑う姿はゾッとする。瑞葉さんはと言うと完全に下を向いていた。

「ねぇー？　佐伯先生ならともかく、自分の分野がこんな所で役に立つなんて、俺も全く思わなかったよ」

森谷先生の方は声の高さも表情も変えずに、そのまま続けた。

「んで、この方はどなた？　入れ替えたのは、家を出たタイミング？」

「だから、見せるなんて止めようって言ったのに……」

瑞葉さんが細々と声を絞り出す中で、私は呆然としていた。

三日目

　初めてここへ来た日、偶然目に入った一面の水を綺麗だと思った。遠くからだと池なのか湖なのか分からなかったが、実際の所は湖らしい。田畑ばかりの中で、ぽっかりと穴をあけたように存在している湖は、あの時と同じでキラキラと水面に光を反射させている。けれど今は喪服の人々が湖畔を囲んでおり、異様な空気を漂わせていた。

「あたし達は人魚湖って呼んでいます。ここの深い場所は海と繋がっていて、人魚はここから海に還る事が出来るって」

　この湖の底には、沢山の遺体が重なっている――そう思うと不気味に感じた。

　啜り泣く声が響き渡る中、白い棺が湖の底へゆっくりと沈められていく。でもあの棺には、人の体は納められていない。代わりに塩の重りが入っていると直前に教えられていた。

「あのご遺体は、まだこれからも影武者をするの？」

「そうだね。あと二、三回ってとこかな」

「なるほど……何度も焼かれて完全に炭になったら、ようやく御役御免ってか」

「そんな事無いよ。燃やした後、棺の中を最後に見たいかって周りの人に確認するんだけどさ。そこで見たいって言う人が居た時は、そのまま棺に入れて、ちゃんと湖に沈めるよ。基本的には、皆、焼け焦げた遺体なんて見たがらないけど」

「へぇ……そうでも無ければ、次もまた焼かれるのか。凄い役回りだね」

「役割分担ってヤツだよ。あの人は人魚じゃないから。それ位の仕事はやってもらわないと、この辺なんてすぐに廃れちゃうよ。お金は幾らあっても足りないもん」

お葬式が全て終わると、黒い服の渚さんに案内されて、家屋が並ぶ一帯から少し離れる。瑞葉さんも一緒だが、ずっと俯いたまま私達の後ろを歩いていた。

やがて岩肌が見える場所に辿り着く。植物の蔦だらけだが、渚さんが一部の蔦を手で払うと、奥に穴が見えた。

「これは……氷室ですか？」

「そうそう、昔のね。氷は今でもちょっと置いてあるよ。おじいちゃんとかおばあちゃんが昔の習慣でね」

見えた穴の奥へ、渚さんは全く臆せず、どんどん進んでいく。私達も後に続くが、少し入った所から急に寒くなって、体がブルッと震える。佐伯先生から大丈夫かと声を掛けられて、私は頷いた。

「暗い……樹、大丈夫？」

「別に」

外から多少の光が差し込んでいたが、奥へ行くに連れて薄暗くなっていく。次第に足元が覚束無くなり、押している車椅子からもガタガタと振動が伝わってきた。

「待ってね、スマホのライト――」

「あ、電気あるから良いよ」

パチッと音がして、空間が一気に明るくなる。皆の様子が確認出来て、スマホを片手に持つ森谷先生の姿も見えた。

「氷……本当ですね」

佐伯先生の視線の先には、氷の塊が乱雑に並んでいる。剥き出しになった岩肌に立て掛けられており、表面が少し解けているのか、氷の角は丸くなってツルンとしていた。

「それでも長くは持たないんだけどさ。瑞葉、そっち持って」

渚さんが前に出ると、慌てた様子で瑞葉さんも続く。二人は奥に置かれた箱をずるずると引きずってくる。その箱は細長くて、黒い棺にしか見えなかった。

「せーのっ」

渚さんの掛け声で二人は棺の蓋を開ける。すると、昨日の燃やされた遺体とは違う、独特の酸っぱい匂いが微かに漂ってきた。

「……小海のおばあちゃん、ずっとここに居たのか」

「うん。先生の言った通り、家出る時に入れ替えたから」

棺の中へ恐る恐る目を遣る。中で横たわっている高齢の女性は着物の乱れも無く、静かに目を閉じている。

――この女の人も、何度も燃やされるあの人も、自ら望んだなんて。

棺の傍らに渚さんは膝をつける。そこでポケットから万年筆らしき物を取り出した。

「渚さん……それ……」

でもあれは万年筆では無い。デザインナイフだと知っている。

――おばあちゃんが持っていた物とよく似ている。

「これ？　お母さんから貰ったの。昔、この辺で作っていたんだって」

この地域と私達の繋がりを暗に感じる。渚さんが握っているナイフは、祖母の遺品として、今でも樹が持っている物と瓜二つだった。

――おばあちゃんはやはり、ここに住む人魚だった。おじいちゃんと結婚して、この場所から離れて、人として生きてきた。

渚さんはナイフを片手に、遺体の足元に触れる。その仕草には酷い既視感を覚える。樹が祖母の肉を食べた日の光景と完全に重なった。

「ここに置いておいても、良くて二週間。それ以上時間が経っちゃうと、やっぱり稚魚も死んじゃうんだよね。人魚自体が死んでるから、仕方無いけど」

手元のナイフを小刻みに動かした後、渚さんは立ち上がって、私達に手を差し出してくる。その掌には、小さな肉の塊が載っていた。

「ここ、見える？　丁度、稚魚が頭出してるけど」

渚さんの指先に多少の血は付いているが、塊から真っ赤な血がぼたぼたと滴り落ちる事は無い。生きている人間の体とは違うのだと嫌でも理解する。

示された場所に目を凝らしてみれば、断面の一角、透明な糸状のものが何となく動いている姿が見えた。

「まさか……」

「これが人魚の肉だよ。勿論もれなく稚魚付きね。瑞葉、袋」

佐伯先生は顔をしかめる。渚さんは平然と指示を出して、瑞葉さんは言われるまま透明な袋を取り出す。今しがた切り取った肉を受け取るなり、瑞葉さんは袋のチャックを早々に閉じた。

——どうして、こんな事を。

「もしかしてだけど……その肉、ネットで売ってたりする？」

「あれ？　森谷先生、そんな事まで知ってるの？」

クスリと笑って、渚さんは壁にもたれ掛かる。

「ネットで売るって……」

「泉ちゃんと樹くんにも話したよね。浮気出来なくなる肉とか、そんな話がネットに落ちているって」

「それを実際に食べたと思われる人が、樹さんと同じように歩けなくなっています」

はっとして先生達を見つめる。佐伯先生は険しい顔をして、前に一歩出る。森谷先生は無表情だが、また目を細めていた。

「そうだよ。人の数も少ないし、今はこの一帯で特産なんて作れないからね」

「だから、亡くなった方の体を売っていると……？」

「売る相手は選んでいるし、おばあちゃんからの許可もちゃんと取ってる。別に良いでしょ？　こんなド田舎だって、治安を維持するには結構お金が掛かるんだよ。周りもおじいちゃんおばあちゃんがほとんどで、出来る事なんて限られてるんだから」

腕を組んで、渚さんはフンと鼻を鳴らす。開き直っているような渚さんの態度に、流石の佐伯先生も鋭い視線を送る。その時ばかりは佐伯先生を少し怖いと感じた。

「あの……何で、私達に教えようと思ったんですか」

渚さんに聞きたい事があるのは先生達だけじゃない。佐伯先生に続いて、私も口を開いた。

「そりゃ勿論、樹が居るから」

「……食べたらどうなるのか分かっていて、軽々しく売るなら、やっぱり対処法が他にあるんですよね」

「言ったじゃん。人魚の赤ん坊の肉を食べるって。あと軽々しく売っているつもりは無いけど」

「それ以外に治す方法、本当に無いんですか」

「無いよ」

「そんな物を、他の人に売るって……」

「この人の足が動かなかったら、って他人から思われるような事をしている人が悪いんじゃない？」

「は⁉　あのですね……！」

「止めなって、泉ちゃん」

私の前に森谷先生が腕を出してくる。私は渚さんから目を移して、そのまま森谷先生を睨んだ。

「感情的に話すのは良くないと思うよ。君の気持ちも、よく分かるけどね」

私の気持ち〝も〟という事は、渚さんの気持ちも分かるのだろうか。嫌な方にばかり考えが行って、余計に苛ついてくる。けれど森谷先生は、私に冷静になるよう促しているだけだとは分かる。こういう時でも、あの先生は間違った事を言わない。そう思うと猶更腹立たしくて、私は顔を背けた。

樹は心配してくれたのか、車椅子の上で精一杯背伸びして、私の顔を見ようとしていた。

「それで、先生達はどうするの？　近くの警察に言っても無駄だよ、うちの管轄だから」

「俺等は医療従事者だからね、そういうのは得意分野じゃないんだ。詰まる所、その稚魚に関して知りたいってのが本音かな」

「そうなの？　別に調べる位なら良いよ。でも人魚の肉は絶対あげないからね。グラム単位で管理してるから、持ち出すのもダメだよ」

「厳重管理だね。ご遺体を見るのは構わない？」

「そういうのだったら瑞葉が相手してくれるよ。瑞葉の役割だから」

渚さんは瑞葉さんを見るが、瑞葉さんはずっと俯いたまま、自分の片腕を強く握り締めていた。

服を着替えてから、あの氷室に出直す。そこにはもう渚さんの姿は無かったが、代わりに瑞葉さんが私達と一緒に行動していた。

「すみません……あの、本当に警察には……？」

「言うつもり無いよ。俺等の目的はそこじゃないからね」

森谷先生の言葉を聞いて、瑞葉さんは安堵したようだった。肩の力が抜けたと私の目から見ても分かった。

そこでようやく、瑞葉さんの雰囲気が元に戻る。嬉しいような、そうでないような複雑な気持ちで、私は彼女の横顔を眺めた。

「いつから、こんな事を？」

「……二年くらい前からですかね」

森谷先生と会話を続けながら、瑞葉さんはビニールシートを床に広げる。次に部屋の隅に置いてあった黒い布の包みを拾ってきて、それをシートの上に置いた。

「さっき、姉が話した通りです。街灯の設備とか湖の清掃とか、どうしてもお金が掛かっちゃうので……それで人魚の肉を売ってみようって話になったんです。最初は全然だったんですけど、一つ売れたら、そこからは段々と反応が出るようになって……」

「反対しなかったの？」

「あたしは止めました。けど、姉の発言力は強いんです。ネットで売るって話も、おじいちゃんおばあちゃん達、本当はよく分かっていないから……結局は姉に言われるままで。しかもそれで、お金がちゃんと入ってくる事実もあるので、今はもう誰も止めません」

棺の中に横たわっている細い体を、瑞葉さんは抱きかかえる。そのまま棺の外へ引っ張り出そうとするが、思いの外に大変らしく、瑞葉さんは何度も抱え直す。見兼ねた先生達が前に出て、彼女に手を貸した。

私も手伝わなければと思ったが、尻込んでしまう。亡くなった人の冷たい体に触れるのは、祖母の葬式以来、どうしても苦手だった。

「泉は行かなくて良いと思う。邪魔だろ」

樹がぼそっと呟く。自分の不甲斐なさを樹には見透かされていたようで、私は一人項垂れた。

そうこうしているうちに先生達と瑞葉さんの三人で、女性の体を持ち上げる。

「ありがとうございます」

「それで……渚ちゃんは瑞葉ちゃんの名前を出していたけれど、今からは何をするの？　そんな用意をしているって事は……」

床に敷かれたシートの上に、女性の体がゆっくりと下ろされる。先生達は立ち上がって距離を取るが、瑞葉さんは女性の傍らに膝をつけた。

「ネットで売るのが姉で、捌くのはあたしの役割なんです」

「捌くって……え……？」

顔を上げて瑞葉さんを見ると、困ったように眉を下げて微笑んでいた。

「……君は辛くないの？」

森谷先生は腕を組み、珍しく眉を寄せる。瑞葉さんを心配するような仕草は少し意外だった。

「最初の頃は姉も一緒だったんで、嫌でも我慢するしかなくて……そうやっているうちに慣れました。だから今は、あたしが一人でやるようになったんです」

瑞葉さんが女性の着物の裾を上げると、先程渚さんが付けた傷が見えた。そこからは血が溢れてくる事は無く、生きた体ではないと再認識させられる。

「出刃包丁でやるの？」

「はい」

私が足元の傷に目を奪われている間に、瑞葉さんはビニール手袋をつけていた。そして黒い包みの中から、特に鋭く光っている刃物を掴む。その柄を握り締めると、女性の足元に刃を近付ける。それだけで、これから彼女が何をしようとしているのか想像が付いてしまった。

「泉さん、大丈夫ですか？　苦手なら無理をしないように」

「え……で、でも樹も……先生達だって……」

「俺と佐伯先生は、学生の時に解剖実習も経験しているからね。俺は病理解剖を手伝う時もあるし」

「病理解剖って何スか」

「病気で亡くなった人の詳しい死因を調べる解剖だよ」

周りを見て、狼狽えているのは私一人だけだと気付く。先生達も樹も、瑞葉さんを静かに見守っている。深呼吸をして、私も彼女の手元を見つめる。

そうして彼女は、本来魚を捌く時に使う刃物を女性のふくらはぎにつける。刺し身を切る要領で身を削いでいく。

「本当、嫌でしたけど……今こうやって、泉ちゃん達の役に少しでも立てるなら、この役割も良かったかなって」

私の名前を挙げてくれるのは嬉しい反面、胃酸が逆流してくる感覚があった。私は唾を何度か強引に飲み込む。けれど本来、私より彼女の方が辛いはず。そう思って、作業を続ける彼女に話し掛ける。

「……瑞葉さんが嫌なら、止めたらダメなんですか？　前にここから出たいって言っていましたし……」

「そうだね……どうなんだろ……」

「私達と一緒にここから出るのは、ダメなんですか……？」

「……ありがとう。すぐには難しいと思うけど、考えてみるのも良いね。泉ちゃん達と一緒なら楽しそう」

包丁が斜めに五センチ程、肉に食い込む。やはり目の前の光景に堪えられなくなって、私は目を逸らした。

「人魚の肉は、どれ位のサイズで売るんですか？」

「目分量ですけど、大体これで一人分です。あと三件、注文が入っているみたいなので、これを繰り返します」

瑞葉さんの手が止まり、森谷先生と佐伯先生が前のめりになる。そこで私も視線を戻すと、厚みが一センチ程の肉の塊が、瑞葉さんの掌に載っていた。

「……どうして、この大きさにされているのですか？」

「もう少し小さかった時期もあるんですけど、何も効果が無かったってクレームがあったんです。多分ですけど、小さ過ぎると稚魚が入っていない部分が出来てしまうんだと思います。それで調整していって、これ位あれば必ず稚魚の影響が出ると経験的に感じて……今のこのサイズになりました」

「なるほどねぇ……あ、綺麗なピンセットってある？」

「あります。どうぞ」

出されたピンセットで森谷先生は肉の表面をつつく。やがて、糸のようなものをびよーんと引っこ抜いた。

「やっと本体とご対面だわ。これが稚魚？」

「はい。そう言われています」

「まぁ、シラスとか、稚魚に見えなくはないけれど……」

シラスなんて具体的な名前を言わないで欲しい。食べられなくなりそうだった。

「……でもコレ、やっぱり寄生虫じゃない？」

「かもしれません……透明で形態がよく見えないので、調べてみないと……」

「瑞葉ちゃん。コイツだけなら、貰っていっても良い？」

「あたしは良いんですけど、稚魚は人魚の体から離れるとすぐ死んじゃうんです。多分、あと数分したら溶けて消えますすよ」

「……そうですか」

「自壊？　浸透圧の関係かな」

先生達の会話には正直付いていけない。ここまで落ち着いて話せるのは、先生という職業柄から来るのだろうか。頭の片隅で、ふとそんな事を考える。

けれど、気後ればかりしていられない。私も遅れて申し出る。

「あの、私も見て良いですか……？」

「見る？　直接はアレだから、えーっと……瑞葉ちゃん。そのビニール手袋、泉ちゃんにもあげて良い？」

「勿論です」

ピンセットから移されて、ビニール越しに、それが私の掌へ載せられる。

――これが樹を歩けなくさせている原因。人魚の血筋に存在している寄生虫。

透明なミミズだと思っていたけれど、近くで観察すると、確かにシラスにも見えた。

「……これをどうにか駆除出来れば、樹も元に戻るんですよね。別に渚さんの言う通りにしなくても」

佐伯先生は頷くが、口元に手を添えて険しい表情をしてみせた。

「とは言え、効果的な方法は……病院で試した薬はダメでしたし、こういった特殊な性質も踏まえると……」

言葉を濁す佐伯先生に、私は唇を固く結ぶ。樹の方を見ると不意に目が合った。

「実は、思っていた事があって……もしかしたら、他にも方法があるかもしれないです」

「え⁉」

思わぬ発言に、全員の視線が瑞葉さんの元へ集まる。先生達がどういう事かと尋ねるが、瑞葉さんはまだ答えず、持っていた肉の塊を丁寧に袋へ詰めた。

「あたしはお姉ちゃんより、人魚の体を捌いています。だからこれも経験論なんですが」

瑞葉さんは再び手を動かし始める。遺体の足ではなく、腕の方へ刃を向ける。今度は女性の細い腕に、すうっと刃先が縦に落とされた。

「中、見えます？」

白い断面が見えるように、彼女は切り口を指で左右に引っ張る。ぐちゅりと肉が擦れる音は凄く嫌だった。

「見えるけれど……」

「稚魚、居ますか？」

「……いえ。こちらからは目視出来ません」

先生達とのやり取りを終えると、彼女は遺体の腕から手を離す。それから再び女性の足元に触れた。

「肉を売るって言っても、実際に売っているのは、このふくらはぎだけなんです」

慣れた手付きで、彼女は女性の足に包丁を押し付ける。そのまま刃を滑らせていき、先程と同じ要領で足の肉を小さく切り抜いた。

「これはどうですか？」

差し出された肉の塊に、私達は揃って目を向ける。断面には、あのにょろにょろが動いている様がまた見えた。

「お前、ここで吐くなよ」

「は、吐かないよ……」

気付かないうちに、私はビニール手袋をしていない方の手で口元を覆っていたらしい。樹に言われて、私は自分の手を体の横に戻した。

「……もしかして、ソイツ等は足に多い？」

「そうだと思います」

瑞葉さんは袋を取り出して、切った肉をその中へしまう。

「足に多い……あのにょろにょろが？」

「うん」

同じ操作を繰り返して、彼女はもう一切れ、肉を作って袋に詰める。そこまですると、やっと手袋を外して、瑞葉さんは私達の方へ向き直った。

「さっきも話しましたけど、最初の頃は効果が無いってクレームがあったんです。そのうちの一つが、腕の肉でした」

先生達は揃って難しい顔をする。

「足に多い、か……この方、浮腫も結構強いけれど……」

「少しでも水分が多い所に集まる習性があるのでしょうか。だとしたら、稚魚と呼ばれる由縁にも……」

ブツブツと先生達は二人だけで話を続ける。それを見て、私と瑞葉さんは互いに顔を見合わせた。

「今の話だと、腕ににょろにょろは居ない……？」

「少しは居るのかもしれないけど、多分害を起こせる程じゃないんだと思う」

「じゃあ、あのにょろにょろは足に多いから、足に居るのをどうにかすれば……」

――どうにかって？

俯いて、彼女の言葉を考える。方法があると言っても、結局必要なのはあの虫への対策。それが足に限定された所で、新しい治療法は私の中に浮かんでこない。

改めて瑞葉さんに目を戻す。瑞葉さんは樹を一瞥した後、真っ直ぐに私を見つめてきた。

「膝から下を切り落とす」

「……え？」

「そこに稚魚が集まっている。だから、そこさえ切り離してしまえば、きっと……」

氷室の中がシンと静まる。佐伯先生と森谷先生も会話を止めて、瑞葉さんへ視線を送っていた。


帰り道、混乱する私に佐伯先生が教えてくれる。

「今の樹さんは恐らく、下半身の神経が麻痺している――立ちたくても、決して立てない状態です」

「足が無くなったら……余計に悪くなるんじゃ……」

「……それでも、もし足の神経が元に戻るのなら、歩ける可能性は出てきます。義足を使って、リハビリで筋力を補えば」

説明を受けても、民宿に着くまでの間、私は顔を上げる事が出来なかった。


樹を歩けなくさせている、あの透明なにょろにょろ。この地域では稚魚と呼ばれている。だけど先生達は寄生虫だと考えていて、その寄生虫に病院で使われる薬は効かない。

それがここへ来て、寄生虫を抑える方法が分かった。渚さんが話した、人魚の赤ん坊を生み、その生肉を食べる方法。それからもう一つは、瑞葉さんが気付いて教えてくれた別の方法。

「でも……あの虫が、体から居なくなったとしても……」

——足が無ければ、歩くなんて。

足を切り落とすか、好きでもない女の人と結ばれるか。弟を助ける選択肢がその二つだなんて、どうかしている。この二つから選ぶべきか、これまで通り車椅子の生活を続けていれば良いのか。ずっと待っていたら、いつか病院の先生達が治してくれるのか。

「それって、いつ……他に、何か……」

夜になっても目が冴えていて、全く眠くならない。私は部屋から抜け出して、一人リビングで過ごしていた。

電波の悪いスマホで寄生虫や人魚に関して調べたり、メモを書いて考えをまとめてみたりするけれど、時間が過ぎていくだけで大した収穫は無い。

「あれ？　こんな時間にどうしたの？」

突然扉が開いてビクッとする。声の方を見ると、ジャージを着た森谷先生が立っていた。

「……先生こそ」

「俺は喉渇いたから、水飲みに来ただけ」

「……そうですか」

森谷先生は私の前を通り過ぎて、冷蔵庫の方へと向かう。中に入っていたペットボトルに口を付けると、すぐにまた歩き出した。

「眠れんの？」

そのまま帰るのかと思ったのに、森谷先生は私の向かい側の席に腰を下ろしてきた。

「まぁ、寝れんよね。あんなモン見た後だし」

私は持っていたシャーペンを握り締める。書き溜めたメモを森谷先生に見られたくなくて、反対側の手で覆い隠した。

「……ああいう話、結構キツいでしょ。泉ちゃん、大丈夫？　樹くんが大事なのは分かるけど、頑張り過ぎると自分が辛いよ」

チラリと森谷先生の顔を見る。夜遅くて眠いだけかもしれないが、いつもより物静かで穏やかな雰囲気。まるで気遣ってくれているように感じて、私は目を伏せた。

「……あの……瑞葉さんの話、先生はどう思いますか」

「ん？　足切るヤツ？」

「はい……足が無くても、佐伯先生は歩けるかもって言っていましたけど……」

「俺は義肢って格好良いと思っているからさ。義足で生活している人は沢山居るし」

「じゃあ瑞葉さんと渚さんの話だったら、先生は瑞葉さんの方が良いと思いますか……？」

「あー……そこは難しいね。俺も安易には言えないな」

「……ですよね」

「うん。瑞葉ちゃんも渚ちゃんも、それぞれ良かれと思って話してくれているんだろうから」

過剰かもしれないが、先生の言葉にピクリと指が動いてしまう。

「渚さんは良かれと思っているより、単純に樹が好きで言っているだけじゃ……」

「ああ、そういう面はあるかもね。あの子、樹くんにゾッコンだし。ちょっとしか一緒に居ないのに、あそこまで人を好きになれるって凄いねぇ」

椅子にもたれ掛かって、森谷先生は天井を仰ぐ。そのせいでどんな顔をしているのか、私の方からは見えなかった。

「……先生って、よくあの人を庇いますよね」

「そう？」

「昼間に、人魚の肉を売る話をした時……『足が動かなければ良いと思われる人が悪い』って話をした時だって」

――思い出しても、腹が立つ。

ああいう人が居るから、悲しむ人が出てくるのに。自分達は良いかもしれないけれど、あえて不幸を売る行為をして、相手の周りがどうなっても構わないのだろうか。樹に関しては、ある意味で自業自得だから強くは言えないが、他の人に関しては理解に苦しむ。

「あの話か」

「確かにお金は必要かもしれないですけど……でも、あんな風に言う人、先生は良いんですか？」

「良いと言うか……考え方としては、ありかな」

「ありって……森谷先生は、病院の先生ですよね？　あの人のせいで、何人も苦しんでいるのに。先生は患者さんの事、本心ではどうでも良いんですか？」

「患者さんには勿論良くなって欲しいよ。そもそも病気にならず、病院で会わないに越した事は無いと思っているし」

「だったら、ああいう考えの人を許したらダメなんじゃないですか」

椅子にもたれたまま、森谷先生は私の方へ顔を向けてくる。今は無表情で、何を考えているのかよく分からない。

「……患者さんは助けたいし守りたい。病院の外でも、困っている人が居たら極力助けたいと思う。けどさ、俺等、医療従事者だって、白衣を脱げばただの人だよ」

気遣ってくれている――そう捉えた自分が愚かだった。相談する相手を完全に間違えたと悟った。

「プライベートで嫌いな奴を庇う程、俺は出来た人間じゃない。医療関係だからって、私生活でまで皆に優しくする必要は無いでしょ。嫌いな奴は嫌いだから、渚ちゃんのような仕事に需要がある理由も分かるよ」

「……」

私が睨んでいると、先生は表情を緩めて、にへらと笑った。

「泉ちゃんは優しいね、医療職に向いているかもよ。あ、いや……そこまで思い入れするなら、逆に疲れちゃうか……？」

何を言っているのか、よく分からない。誤魔化そうとしているだけかもしれない。少なくとも森谷先生には、何かしらの思惑があると感じずにはいられない。

私は思い切って、ずっと抑えていた言葉を吐き出した。

「森谷先生の目的って何ですか」

「ん？」

「どうして、ここまで一緒に来てくれたんですか。本当に樹のためですか」

「……樹くんがまた歩けるようになって欲しい。そう思っているのは本当だよ」

森谷先生はいつものように、ゆっくりと目を細める。けれど、それ以上は何も話さなかった。

四日目

朝ご飯を終えたばかりの時間だと、森谷先生は大抵、樹と一緒にリビングに居る。

——あの先生は信用出来ない。

昨夜を思い返して、私は佐伯先生と二人きりになったタイミングで話し掛けた。

「足を切ったら、樹は本当に治るんでしょうか」

佐伯先生はすぐに真剣な面持ちになり、私をじっと見つめてきた。

「……治ると言う表現が適切かは分かりません。ですが、瑞葉さんの話は筋が通っているとは思います」

「足には稚魚が集まっているから、って所ですか？」

「はい。あくまで瑞葉さんと渚さんの説明が真実であり、それを前提とした上での話になってしまいますが」

佐伯先生は鞄からルーズリーフを取り出し、簡単な絵を描き始めた。丸と棒が何本か。

「お二人のおばあさまが人魚の家系であれば、自ずと泉さんも樹さんも人魚の血筋だと考えられます。であれば、樹さんの体内には例の寄生虫が以前から存在していた……しかし樹さんが元来持ち合わせている寄生虫は、樹さんにとって無害。これは恐らく本当でしょう。これまで異常が無かったのですから、常在菌のように捉えて良いのかもしれません。だから現段階で問題なのは、外部から混ざった別の個体……おばあさま由来の寄生虫という事になります」

授業を受けている気分になるが、私はうんうんと頷く。その一方で、佐伯先生は思ったよりも絵が下手なのだと知った。ルーズリーフに描かれた丸と棒の図形は、どうやら人のつもりらしい。その人らしき絵の中に、佐伯先生は赤と青の二色のボールペンで幾つも点を描いていく。この点が寄生虫を示しているのだろう。

「つまり、全ての虫をやっつける必要は無い……？」

「そういう事です。ただし今の樹さんの症状から考えると、中枢神経、脊髄——体の奥にある、下半身を司る神経にダメージを受けている可能性が高いと思われます。恐らくそこに寄生虫が居るのでしょう」

佐伯先生は人だろう絵の真ん中に、赤と青、両方の丸を描き入れた。

「おばあちゃんから来た、その体の奥に居る寄生虫さえ、追い出す事が出来れば……」

「……少し難しい話になりますが、実はこれがどちら由来の寄生虫かは分かりません。瑞葉さんは『他の稚魚が混ざると興奮する』と表現していましたが、あの話を聞く限り、免疫異常やアレルギー反応も疑われます」

「免疫？」

「花粉症を思い浮かべると分かり易いでしょうか。外からやってきた花粉を追い出そうとして、体は自然に鼻水を流す。ただし、その反応が過剰だと、かえって自分が辛くなってしまう。簡単に言ってしまえば、自分の体を攻撃しているのは、自分自身の場合があるという事です」

「じゃあ……樹を歩けなくさせているのは、樹自身の虫？」

「その可能性もあります。本来無害の寄生虫が、外部から別個体が侵入してくる事で、炎症物質を放出する……と色々お伝えしていますが、仮にその場合も取り除かなければならないのは、結局おばあさま由来の寄生虫です。異物が無くなれば、体は元に戻ろうとするはずですから」

そこまで話すと、先生は一呼吸置いた。

「さて、ここからは瑞葉さんが教えてくださった話です。どうやら寄生虫は、重力によって水分が滞り易い、人の足元に集まる習性があるようです」

トントントントンと、佐伯先生は次に、人の足らしき場所に青と赤の点々を沢山付けていく。言わんとする事を察して、私も話に入る。

「だから瑞葉さんは、寄生虫の多い足を切り落とせば治るって考えたんですよね」

「そうです。しかし懸念するべき点は――」

人の絵の足元に、先生は大きく横線を引いた。

「足を切断した段階で、体の奥に残っている寄生虫が、樹さん自身のものか、おばあさま由来のものか。樹さん自身の個体だった場合は問題ありません。ですが、もしおばあさまから来た個体が残ってしまった場合……恐らく、症状は変わらないでしょう。異物が除去されない限り、炎症反応は続くでしょうから」

「……治らないって意味ですよね。仮に足を切って、虫の数が減ったとしても……」

「はい……寄生虫を一箇所に集める方法でもあれば、確実なのでしょうが……そこまでの情報は……」

　おおよその解説が終わっても、先生は手持ち無沙汰に青と赤の円をくるくると紙に描き続けていた。

「それじゃあ、下手をしたら……ただ足を失うだけで、治る訳でも……」

　私が言葉に詰まると佐伯先生も黙ってしまう。考える時の癖なのか、佐伯先生は口元に手を当てて目を伏せた。

「……何が正しいかは分かりません。正直、全てが憶測の範疇に留まっています。ですから、一旦病院へ戻ると言うのも選択肢の一つですよ」

「それだと……いつ治るんでしょうか……」

「……すみません」

「あ、謝らないでください。先生には凄く感謝しているんです。一生懸命、私達と一緒に悩んでくださって」

「……ありがとうございます」

　先生は申し訳なさそうにしながらも、私の言葉に少しだけ笑ってくれた。

「あの、佐伯先生……お願いがあって」

「何ですか？」

「今日行きたい場所があるんですが、一緒に付いてきてくれませんか？」

「え？　構いませんが……」

「樹の足、絶対に切りたくないので」

◆

「足、切ってくださいよ」

俺が視線を上げても、樹くんはゲームの画面を見つめたままだった。

「何で俺に言うかなぁ……俺の専門は、口周りだよ」

「佐伯先生は優しいから可哀想。センセーだと後腐れしなさそうだから」

「あのねぇ」

「嫌なの？」

「嫌に決まってんだろ。俺もそこまでイカれてねぇよ」

「じゃあさ、どうしてもの理由が出来たら、切る？」

「……どうしてもって？」

「交通事故で足が挟まれたとか。足切って助けないと、今にも死にそうとか」

――何と答えれば良いのか。

「センセ、死ぬよ」

「あ」

一緒にやっていたゲームで自分だけがやられる。操作出来なくなって、俺は持っていた機械を机の上に置くが、彼はカチャカチャとボタンを押し続けていた。

「……そんなに渚ちゃんとくっつくの、嫌？」

「鬱陶しい」

苦笑いしながら、目の前の整った顔を眺める。女の子はこういった綺麗な顔立ちが好きだろう。だが自らを人魚だと称する彼女の、彼に対する強い拘りは、それだけでは少々説明が付かない。異様に映る彼女の感情は、それこそ血筋に由来するのかもしれない。

「あの、すみません」

ようやく扉が開いて、慣れた面子がリビングに揃う。けれどあの二人は俺達と違って、既に鞄を持っていた。

「あれ、もう行く？」

「森谷君、すみませんが泉さんと少し出掛けます。樹さんのサポートをお願いしても良いですか？」

彼は器用だから、大抵の事は一人でやってのける。だから心配する必要は無い――と言おうとしたが、彼の姉が俺から目を逸らした所で察する。

――なるほど。邪魔なのは俺か。

「分かった。じゃあ俺等もしばらくウロウロしてるわ。買い出しとか」

「分かりました」

このタイミングでの別行動。恐らく彼女なりに考えがまとまってきたのだろう。それはそれで構わないが。

早々に玄関へ向かう二人に俺は手を振る。樹くんは気にしない振りをしながらも、目だけは動かして、彼女達の様子を盗み見ていた。

「……随分嫌われたなぁ」

二人に戻った空間で、俺はポツリと呟く。樹くんは一旦止まっていた手を再び動かし始めた。

「泉は放っておけば良いッスよ」

「……そうだね」

――恐らく、それが一番無難だろう。

「買い出し、行く？」

「ん？　本当に行く？　言えば、おじさんが車貸してくれると思うけど……樹くん、何か欲しいモンあんの？」

「ワイヤーか紐。あとノコギリ」

「ノコギリは止めとけって……」

こちらはつい溜息が零れてしまうが、ゲームを続ける彼は涼しい顔をしていた。

◆

「行くと言っても、渚さんの自宅の住所か連絡先は分かりますか？」

「いえ……民宿のおじさんに教えてもらおうと思って」

足早に建物の裏側へ回る。朝はここに居ると話していたはずなのに、姿が見当たらない。辺りを探していると、佐伯先生に肩をトントンと叩かれた。

「奥の雑木林……誰か居ます？」

「あ、本当だ。音がしますね」

葉っぱが擦れるだけではなく、木の枝が折れる音も時々聞こえてくる。声量を上げてもう一度呼び掛けると、木が生い茂る奥から返事があった。

「どうかしたかい？」

斧を持って現れた姿にぎょっとする。けれど、もう片方の手には木の束が握られており、こういう地域なら別におかしい格好ではないかと思い直した。

「あの、渚さんとお話したくて……」

私が用件を伝えた所、おじさんはすぐに表の道へ出て、行き方を教えてくれた。

二十分程歩いた所に彼女の家はあった。

玄関前のインターホンを鳴らそうとすると、出てきた本人と丁度出くわす。

「あれ、泉？　佐伯先生？」

喪服じゃない彼女を見るのは、何だか久し振りだった。

「って事は、樹も？　何処？」

「居ません。置いてきました。渚さんにお話があって」

「あたし？　ふーん……良いよ。うち上がる？」

「はい」

家に上がらせてもらうと、廊下で瑞葉さんと擦れ違う。

「え？　泉ちゃん？」

「瑞葉。これ、おじさんの所に持っていっといて。樹達の晩ご飯に使ってってって」

「……分かった」

瑞葉さんと話したい気持ちはあったが、今の目的は渚さん。瑞葉さんとは互いにバイバイと手を振って別れる。それでも気になって廊下を振り返ると、渚さんに言われた荷物を運ぶ瑞葉さんの後ろ姿が見えた。


「で、近いうちに帰るの？」

「はい。先生達は病院のお仕事があるので、そろそろ」

「すみません。病院もですが、実家の方にも顔を出したくて……」

「是非、ご実家にも行ってください！　むしろすみません。貴重なお休みを私達に付き合っていただいて」

「ふーん……それなら、樹だけ置いていく？　樹はこのまま、ここに住んでも全然構わないし」

予想はしていたが、彼女からはまた樹贔屓の発言。つい眉間に力が入る。居間に通されても私は座らずに、立ったまま渚さんの顔を見つめた。

「それは……樹だって学校の事もあるし、車椅子で色々と手伝いも必要になるから、私と一緒に——

——」

「それならあたしが全部やるから、問題無いけど」

思わず睨んでしまう。渚さんに対して、どうしてここまで対抗心が出てしまうのか自分でも分からなかった。単に私の器が小さいのか、弟への愛着から来るものなのか。

——人魚は愛情深い。それ故に、行き過ぎた行動に出る時がある。

以前教えられた話を思い出して、自分自身が嫌な気持ちになる。樹は大切だけど、過度な干渉はしたくない。そう頭では分かっているのに、どうしても樹が心配になる。

これは出過ぎた真似かもしれない。けれど、弟にとって何が良いのか……姉の私にも考える義務があるはず。そうやって自分の中にあるモヤモヤした気持ちを納得させた。

「まぁ別に、樹の話は急がないけど」

だが思いの外、渚さんはすんなりと引き下がる。しれっとして、座布団の上で足を崩す。私と佐伯先生は顔を見合わせてから、机越しに彼女の反対側に腰を下ろした。

「それで、何だっけ。樹を治す話？」

「……はい。それから、人魚に関しても」

渚さんを前に正座し、私は背筋をぐっと伸ばした。

「仮に樹と渚さんが、その……結婚して子供が生まれて、その子の肉を食べたら、樹は本当に治るんですか」

「そうだよ。前にも話したじゃん」

「その根拠って何かありますか？　ただそうだからって言われても、すぐに信じるのは難しいので」

ふーんと声を漏らすだけで、彼女は顔色一つ変えない。どう切り出せば良いのか迷っている間に、佐伯先生が私より先に口を切った。

「貴女方が稚魚だと話す生物は、恐らく寄生虫に近い存在だと思われます。あくまで憶測になってしまいますが、病に感染した昔の方が、例えば……『自分が歩けないのは、実は人魚だから』と話したのではないでしょうか」

「は？　急に何？」

渚さんは首を傾げるが、私は佐伯先生の話に頷いた。

――人魚や稚魚の話は、何処までが真実なのか。

ここへ来る途中、佐伯先生と交わした会話を思い出す。樹を治すためには、信憑性が乏しい選択は避けるべき。そのためにも人魚や稚魚に関する説明に矛盾は無いか。先生の見解を教えてもらい、二人で更に話し合っていた。

「そこから徐々に宿主側の人間が耐性を獲得していき、現在の関係性へ至った。それが、貴女方が体内に寄生虫を保有していても、実質無害な理由だと思われます。代々、子供に受け継がれる特性も、母子感染が関係していると考えれば筋は立ちます」

佐伯先生の真剣な顔を見た後、私も続けて話に入った。

「それで佐伯先生に教えてもらったんですが、寄生虫の卵を食べたからと言って、病気が治る訳では無いそうです。だから、もし稚魚が寄生虫だとしたら、渚さんの話には違和感があって――」

「別にどっちでも良いよ。稚魚だろうが、寄生虫だろうが」

「どっちでも良いって……」

「あたし達は人魚の子孫で、人魚の体には稚魚が住んでいるって教わっただけだし」

渚さんは私達から目を逸らして、自分の長い髪を弄り始める。どうやら枝毛を探しているらしい。

私達の話に興味が無いと、あからさまに示してくる。彼女の態度に苛立ち、私は自然と強い口調になっていった。

「もし寄生虫なら、渚さんの話は信用出来ません。子供の肉を食べれば治るなんて」

「だから別にどっちでも良くない？　それで樹が治るなら」

「だから、その治るという確証が――」

ダンッと、渚さんは突然机の上に足を投げ出してくる。

「な、何ですか」

珍しく彼女の方から睨まれて、私も睨み返した。

「渚さん……その足は……」

隣で佐伯先生が小さく呟く。何かと思って先生の方を見ると、目を大きく開いていた。

「こないだ葬式やった、小海のおばあちゃん。あの人の孫に、生まれたばっかのあたしの指をあげたんだって」

机に置かれた渚さんの足に目を遣る。そこで私も違和感に気付いた。

――小指が無い。

「……その方も、人魚の肉を食べてしまったんですか？」

「知らね。そのおっさん、外に出て行ったきりらしいから」

私は言葉を失ったまま、一本足りない彼女の足先を凝視する。

やがて彼女は足を引っ込めて、座布団の上に胡座をかいた。

「……あの……困ったり、しませんか……？」

「気付いたらこうだったから、違和感も無いし。言ったじゃん。足の指一本位なら、無くても平気だって」

ショートパンツから出る脚線にばかり気を取られて、細部まで見ていなかった自分に後悔する。直前まであった苛立ちは消え、今は何とも言えない気持ちになっていた。

「だから小海のおばあちゃん、あたしが肉売るって言っても、オッケーしてくれたんだろうね。ここはそういう所。そうやってグルグル回って、繰り返してんの」

——グルグル回る、繰り返し。

その言葉が異様に耳に残る。祖母がここから出ていったのは、それが理由ではないだろうか。頭の片隅でそんな風に考える。

「根拠なんて知らないけれど、歩けなくなった人を治すために、あたしの肉が実際に食べられた。それで良いでしょ」

選ぶ言葉に悩んで、詰まってしまう。ここで今の話を否定したら、彼女が指を失った意味さえ否定してしまう気がした。

「でも……」

——私にとって、渚さんよりも樹の存在が大事。

渚さんの言葉を打ち消そうとすると、彼女は顔を歪めた。

「何で？　何がダメなの？」

「何って……」

「だって樹に害は無いんだよ？　樹は怪我をしないし、食べるだけでまた歩けるようになるんだから」

「……だからと言って、赤ちゃんは……それに、やっぱり……」

「赤ちゃんが心配？　それなら大丈夫、あたしが育てるから」

渚さんは机の上に、ずいっと体を乗り出してくる。

「え？　そ、そういう話じゃ……」

「さっきも言ったよね。今すぐ樹にここに住んで欲しいって訳じゃないから。でもほら、赤ちゃん作っても生まれるまでに時間掛かるじゃん？　準備は早くしないと。樹が歩けるようになるまで、もっと時間が掛かっちゃうよ」

苦しそうに眉を寄せているのに、彼女の口元には笑みが浮かぶ。しかも、その話し方には鬼気迫るものがあり、異様な恐怖を覚える。それは佐伯先生も同じだったようで、眉間にシワを作っていた。

「えっと……赤ちゃんって、そういう考えで作るんじゃないと思いますし……何より、樹の気持ちもあるので……」

彼女の尋常じゃない言動に、かえってこちらが冷静になってくる。けれど渚さんは一層興奮した様子で、私の方へ詰め寄ってきた。

「大丈夫。樹はあたしより年下だし、まだ遊びたいって気持ちがあるのも分かってるから。他に何人か女作っても、最後に帰ってくるのが、あたしなら良いの。それまで子供はあたしだけでも育てるし。ここなら皆が助けてくれるから」

渚さんに腕を掴まれる。彼女の口角は更に上がるが、今はとても笑っているようには見えない。むしろ必死に訴えてくる様は気味が悪く、背筋に悪寒が走った。

「あの……渚さん……」

「こんなに好きになったの、生まれて初めてなの。樹は絶対、あたしの運命の人だと思う。でもね、大丈夫だから。絶対に樹は傷付けない。むしろ何だってあげる。必要なら、声だって、足だって、手だってあげる。あたしは好きな人を傷付けない。お母さんみたいな事、あたしはしないから」

母という単語を聞いて、はっとする。忘れていたかった嫌な考えを、また思い出してしまう。

「あたしは絶対、お母さんみたいにはならない。絶対、あんな風にならない。浮気しても冷たくされても、一緒に死のうなんてしないから」

「渚さん……貴女の樹さんへの気持ちはよく分かったので、少し落ち着きましょうか」

見兼ねた佐伯先生が、私達の間に割って入ってくる。渚さんの腕を引っ張り、私から引き離してくれた。だが彼女の腕が離れても、握られていた場所はジンジンしている。たとえ会って間も無いとしても、樹に対する想いは強くて本気としか思えない。

——私にも、この人と同じ血が流れている。

愛情深くて、一途で、歪みさえ厭わない。恐ろしい程の想い入れ。それが人魚の愛し方なら、私自身はどうだろう。私の周りの人は、どうだったのだろうか。

樹の話をするために来たのに、その時にはもう他の考えで頭がいっぱいだった。

民宿に戻ると、誰も居なかった。帰りの道中に瑞葉さんとも会わなかったので、皆は何処へ行ったのだろうかと考える。直前の渚さんの姿が強烈で、そんな考えもすぐに頭から抜けたが。

結局、渚さんとはあれ以上の話を出来なかった。興奮する彼女をなだめて、私と佐伯先生は家を出た。せっかく彼女と直接話をしたのに、樹を治す方法の真偽は未だにはっきりとしない。むしろ余計な情報ばかりが増えていく。

――樹の事を考えるべきなのに、両親が亡くなった当時を思い出してしまう。

そのせいで考えが全くまとまらない。わざわざ付き合ってもらった佐伯先生に申し訳なくて謝るが、逆に気を使わせてしまったらしい。先生の方からも「すみません」と言われた。

樹達はなかなか帰ってこないので、佐伯先生と二人だけで昼食をとった。他愛の無い話をして食事を終えた後、私は一人外へ出た。聞き込みでもすれば良いのだが、付近を歩いても相変わらず誰とも会わない。避けられているだけかもしれないけれど。

そのまま彷徨っていると、キラキラと揺れるものが視界に入ってくる。惹かれるようにして、私はその光が反射している源へ向かった。

「綺麗だなぁ」

――こうやって見ていると、焼かれた死体が沈んでいるなんて信じられない。

見えていたものがあの時の湖だと分かっても、私は更に近付き、畔に座った。前に訪れた時と違って、今は他に誰も居ない。ひっそりと静まり返っている。何一つ音がしない。綺麗な場所でも人気が無いのは、この辺りの人にとって、ここはお墓という認識が強いからかもしれない。

水面を覗き込んでも、ただただ中は澄んでいるだけ。水葬の際に使われていた白い棺は一つも見えない。意外に深いのだろうか。

そうやって思考を巡らせてみるが、すぐにまた要らぬ考えが浮かんでくる。考えて、違う事を考えようとして、結局また同じ事を考えている。だったら、いっそ何も考えないようにしたいが、実際の所はそれが一番難しい。

ただただ堂々巡りを繰り返しているうちに、いつの間にか日は沈み掛けていた。

「泉」

きこきこと小さな音が聞こえてくる。

かと思えば、名前まで呼ばれる。振り返った先に樹が見えて、私は目を疑った。

「え、樹？　何して……」

「お前こそ」

一人で現れた姿に最初は驚きもしたが、器用に車椅子を使いこなす樹に何故か気分が落ち込む。樹はしっかりしているから、別に私が過度な心配をする必要は無いのかもしれない。

私が座っている湖畔まで、樹が近寄ろうとする。けれど道はそこまでは舗装されていない。来るのに手こずっている樹を見て、少しだけ嬉しくなる。自分はまだ必要とされている。

すぐに樹の元へ駆け寄って手伝うが、その直後には再び気が滅入る。一瞬でも喜んだ自分に嫌気が差した。

樹と隣り合わせで湖の傍らに戻るが、私は体操座りをして背中を丸める。膝を抱えたまま、目前に広がっている湖を眺めた。

「何でここ?」

「何となく……」

短い沈黙の後、樹の方から尋ねてくる。答えに困ってしまうが、そう言えばと私も樹に続けて返す。

「何でここに居るって分かったの……?」

出る前には何処へ向かうのか考えていなかったから、佐伯先生にもこの場所を伝えていない。だからと言って、車椅子の樹があちこちを無闇に回ったとも考えにくい。

「GPS。心配だから一緒にアプリ入れようって、泉が言ったんだろ」

「……そうだっけ」

スマホを確認すれば、確かに樹が示したアプリが入っている。でも全く覚えていない。記憶に残らない程の軽い乗りで、樹にそんな事を強要したのだろうか。そうだとしたら、渚さんをどうこう言える筋合いなんて私には無い気がする。

「……暗い。どうした」

曲げていた膝を私はぎゅっと強く抱え込んだ。

「渚さんと会って、話をしてきたんだけど……ちょっと行き過ぎているかもしれないけれど、渚さんって本当に一生懸命だよね」

黙った樹を盗み見ると、嫌そうな顔をしている。それでまた嬉しくなるが、はっとしてまた自己嫌悪に陥る。

「……お母さんも、そうだったのかなって……思って……」

「母さん？」

「うん……渚さんのお母さんとお父さん、火事で亡くなったらしいんだけど……渚さんは、お母さんが火をつけたからだって……人魚の家では、よくある事だから仕方無いって、教えてくれて……」

樹から視線を感じるが、私は自分の膝に顔を埋めた。

「あの頃、家の中……私の進路のせいで、ギスギスしてたじゃん……お父さん、あの頃から帰りがもっと遅くなったし……」

「違う」

腕の隙間からチラリと樹を見ると、凄く真剣な表情をしていた。

「親父が遅かったの、本屋に寄ってたから。泉が行きたいって言ってた東京の大学とか、調べてたっぽい」

「え……何それ……？」

「部活帰りに、本屋に居る父さん見た。父さん達の部屋にそれっぽい本が置いてあったの、扉からチラッと見えたし」

「……でも、お父さん……お母さんと、仲悪くなっていて……」

浮気は無かったとしても、二人の関係が悪化したのは、私のせいではないかと――。

「母さんは泉が心配で、地元に居て欲しかった。それで父さんと喧嘩はした。でも父さんに説得されて、母さんも最後は納得してた。お前が居ない時に、進路は泉に任せようって話してたの、俺知ってる」

「何それ……何でそれ、教えてくれなかったの……」

「聞かれなかったから」

「……うん、そうだね……私、聞いてない……樹らしいや……」

今は居ない二人を思い出して、思わず視界が滲む。泣かないように、必死に瞬きを堪える。

「けど、さ……あの火事……火元……お母さんとお父さんの、寝室からだったって……」

――お母さんが火をつけたのではないか。

今はそう考えずにいられない。

「父さん、止めてた煙草、隠れて吸ってたんだと思う。吸い殻あったって、警察の人、言ってただろ」

私の背中に樹は手を置いて、珍しくポンポンと優しい手付きで叩いてくる。

「だから違う」

人魚の血筋だとしても、穏やかな生活を送っていれば何事も起きなかったはず。祖母と祖父のように。

その平穏を壊したのは、私ではないか――と。

「泉は悪くない」

呑み込もうとして、ずっと呑み込めなかった不安が、今の言葉で少し和らぐ。死んでしまった二人から事実を聞く事は出来ないし、きっとこれからも分からない。

「お前は気にするな」

それでも樹の短い言葉に、この数時間我慢していたものが込み上げてくる。泣いているのを隠したいのと、少しだけ甘えたくなって、樹の足元にもたれ掛かる。私がそんな事をしたら、いつもなら罵倒してきそうなのに、その時ばかりは何も言わない。樹は黙ったまま私の肩を軽く引き寄せた。

――樹が何を考えているのか、よく分からない。

けれど大事な家族。私に残された弟。歪んだ方法で捕らえようとするのではなく、正しい形で守りたい。しばらく泣いて、気持ちが落ち着いた頃にはそう思い直した。

「ああ、泉さん……良かった」

樹と共に民宿へ戻ると、表で佐伯先生と会う。先生は私を見るなり、ほっとしたような顔を見せた。

「森谷君と探しに行こうと話していたんですよ」

「遅くなって、すみません」

「あ。二人共、帰ってきた？」

スニーカーをケンケンして履きながら、森谷先生も玄関から出てくる。一応森谷先生に向かっても、私は頭を下げた。

「樹くんが付いているなら、大丈夫だと思ったけどね。すぐ合流出来た？」

「はい」

「へえ、凄いね。姉弟パワー？」

あのアプリの事は言いたくなかったので、私は黙る。有り難い事に、樹もぷいと顔を背けていた。

「これなら瑞葉ちゃん、もうちょっとだけ待っていれば良かったね」

「え？　瑞葉さんも居たんですか？」

「そうだよ。泉ちゃん帰ってこないかなって、一緒に待っていたんだけどさ。そろそろ遅くなるからって、今さっきね」

「わ、私！　せっかくだから挨拶だけでもしてきます！　今度はすぐに戻ります！」

走り出そうとしてから一旦止まる。迎えに来てくれた樹にお礼を言おうとしたが、樹は既に玄関先へと向かっていた。私が名前を呼んでも、振り返ってくれない。さっきは優しいと感動したのに、やはり素っ気無い。

「瑞葉さんなら、こっちの道を真っ直ぐに行かれましたよ。朝、通った道と同じだと思います」

「あ、ありがとうございます」

ひとまず瑞葉さんに追い付くために、私は駆け出す。樹は私を無視した癖に、森谷先生とは普通に言葉を交わしていた。


走っていくと、すぐに瑞葉さんの背中が見えた。急いで声を掛ける。瑞葉さんは振り返るなり、嬉しそうに微笑んできた。

「泉ちゃん！　良かった。今日はもう会えないかと思った」

「すみません、入れ違いになっちゃって」

「ううん。あたしが居座り過ぎただけだから。買い出しに付いていったら、こんな時間になっていて自分でもびっくり」

どうやら私達が渚さんから話を聞いている間に、樹と森谷先生は車で出掛けたらしい。そこに瑞葉さんも同行したのだと立ち話をして分かった。終始にこやかに話す瑞葉さんを見て、余程楽しかったのだろうと察した。

「初めて樹君とちゃんと話したけど、全然怖くないね。クールだけど優しいって言うか」

「そ、そう？」

勝手に眉が動いてしまう。ただ褒められただけで過敏に反応してしまうのは、タイミングが悪かったせいだと思いたい。複雑な気持ちを誤魔化すために笑ったが、上手く出来ずに苦笑いになっていた。

「あ、ごめんね。でもあたしは樹君より、森谷先生の方が好きかな？　面白いし」

「え……そ、そうなんだ。森谷先生、彼女居るのかな……？」

こういう話をする時は本来楽しいはずなのに、今だけはほっとしてしまった。

「でも、泉ちゃんが一番好きだよ。凄く話し易いし、優しいから。買い物も本当は泉ちゃんと一緒に行きたかったな」

ほっとする所か、今度はぽっと頬が熱くなる。恥ずかしくなって、私は彼女から目を逸らした。

「わ、私も一緒に行きたかったです……」

「うん。いつもお姉ちゃんとか、この辺の人としか出掛けないから……やっぱり外の人は違うね。泉ちゃんもだし、皆楽しい」

「……それなら一緒に、晩ご飯食べていきませんか？　そうしたら、もう少しお話出来ますし」

「でも……あたしが居ると、お姉ちゃんも確実に来ちゃうよ？　葬式の後片付けとかあるから、今の時間帯は大人しくしているけど」

「あ……」

彼女に視線を戻すと、申し訳なさそうに眉を下げて笑っていた。

「あたしとお姉ちゃんは、切っても切れないからね。それでも、いつか……前に言ってくれたみたいに、泉ちゃん達の所に一人で自由に行けたら良いな」

申し訳ないと言うより、切ないような、寂しいような……諦めて自嘲しているような、そんな風に彼女は笑う。

「……こっちにも遊びに来てくださいね。私、待ってます」

「ありがとう、泉ちゃん。いつか必ず行くね」

「あ、そうだ。今のうちに連絡先、交換しませんか？」

「良いの？」

互いにスマホを取り出す。ようやく瑞葉さんの表情がいつもの優しい笑みに戻る。安心した反面、彼女の抱えるものが垣間見えて、素直には喜べなかった。

スマホをしまうと、朝別れた時と同じようにバイバイと手を振る。そのまま一度は見送ろうとしたが、彼女の後ろ姿からは哀愁が漂っているように感じてしまう。

「あの……やっぱり！　ご飯一緒に食べませんか！」

「へ？」

気が付くと、私は瑞葉さんを再び引き止めていた。

そのまま二人で民宿に戻る。だけどリビングには誰も居らず、人の気配は奥から感じた。

「森谷君、わざわざこの材料を買いに行ったんですか？」

「いや。俺は歯ブラシ買いたかっただけですよ。前に買った歯ブラシ、毛が痛いんですよねぇ。ありゃ、とんがり過ぎだ」

台所の方から声が聞こえてきたので、ひっそりと様子を見に行く。

「歯ブラシ……それが、どうしてカレーに？」

「瑞葉ちゃんが、渚ちゃんからだって言って、出掛ける直前に肉持ってきてくれたんですよ。おじさんにずっと飯作ってもらってるから、今日位は自分等で作るかって話になって。んで、カレーに」

「そうでしたか。ちなみに森谷君、自炊は？」

「すんません、全然です。助かりますわ、佐伯先生」

珍しい光景にきょとんとする。しかも樹まで一緒になって、玉ねぎの皮を剥いている。

「あ、泉ちゃんお帰り！　瑞葉ちゃんも戻ってきたんだ」

森谷先生の声で樹と佐伯先生も私達に気付き、こちらへ目を向けた。

遅れて私と瑞葉さんもカレー作りに加わった。

やがて、カレーの匂いが民宿中に充満する。無事にカレーは出来上がったが――

「樹。あたしの肉、食べて良いよ。あげる」

「要らない」

瑞葉さんの予想通り、途中から渚さんも合流したので、リビングはかなり賑やかになっていた。

「カレーに入っている肉をあげるだけの話なのに、渚ちゃんが言うと何だか不穏だねぇ」

「これは何の肉ですか？　かなり噛み応えがありますが」

「持ってきたおじさんは、猪って言ってたよ」

なるほどと思いながら、取り敢えずカレーを口に運ぶ。肉の味は少し独特だけど、全体として美味しい。ただ、絶えず樹に話し掛ける渚さんを前にしているので、純粋に味は楽しめなかった。

――樹を治す事を考えれば、あの人に任せるべきなのか。

「あの、やっぱり……何かごめんね？」

「う、ううん！」

気になって樹達の方を時々盗み見てしまうが、私は隣に座る瑞葉さんと喋りつつ、晩ご飯の時間を過ごした。

「奥の部屋って、確か空いてたよね？　今日、あたし達もここに泊まってくから」

「渚ちゃんが言っている奥って、あの角部屋の事？　物置になってるよ？」

「あたしと瑞葉が寝るだけだから、平気！」

瑞葉さんと一緒に食器を片付けている時、廊下から渚さんとオーナーのおじさんの会話が聞こえてきた。

「渚ちゃん、何か今日は一段と張り切ってるねぇ」

「すみません。さっき、あたしが『皆もう帰っちゃうんだ』って、余計な事を言ったから……」

「そっかそっか。彼女にとっては、最後の一押しって感じなのかな」

森谷先生は外で買ってきたらしいアイスをかじりながら、相変わらず飄々と話す。先生のせいで気になってしまい、私は廊下の方をチラッと見た。

「なんも起きなきゃ良いけど」

独り言なのか、森谷先生がぼそっと呟く。今の一言が妙に気に掛かるが、そのタイミングで隣から皿を差し出された。

「泉ちゃん。これもお願い」

「は、はいっ」

私は慌てて皿を受け取り、食器棚の元の位置へ戻していく。

「センセー、俺もアイス」

「あれ？　樹くん、俺が買う時には要らないって言ってなかったっけ？」

「森谷君、くつろぐのが少し早過ぎませんか。泉さんと瑞葉さんはまだ片付けをしてくれていますよ」

背後が騒がしくなり、直前の話題はすぐに何処かへ行ってしまう。今はアイスの味は何が良いのか、主に樹と森谷先生の間で議論が起きていた。

「泉ちゃん。一番格好良いのは、やっぱり佐伯先生だと思う」

「うん。私もそう思う」

私と瑞葉さんは声を潜めながら、お互い真顔で話した。


男風呂と女風呂は分かれているけれど、広くはないので交代制。風呂場で一人湯船に浸かって、今日一日を振り返る。直前の賑やかな時間が浮かんできたが、そうではないと思い直す。

——先が見えない。まだ何も決まっていない。

帰る時間は刻々と迫ってきている。明日で五日目。最初の時に作った区切り。樹がもう一度歩けるようになるためには、何かを選ばないといけない。

今、手元にある選択肢は……樹と渚さんが結ばれるか。樹の足を切り落とすか。それとも歩けない状態のまま、出てくるかどうかも分からない治療法を待つか。

「樹に害が無くて、早く治せる方法なんて言ったら……」

一番選びたくない選択肢がどうしても浮かんでくる。このまま樹をここへ残して、私達だけで帰るべきだろうか。それとも樹も一緒に連れ帰ってしまって良いのか。勿論、出来る事なら一緒に帰りたい。でも本当にそれで良いのか。

また堂々巡りを繰り返すだけになる。私は浴槽から出て、冷たいシャワーを頭から浴びた。

気持ちがさっぱりしないまま、廊下を歩く。ひとまず次は瑞葉さんがお風呂に入る番だからと彼女を探していた。

「好き」

「無理」

リビングから聞こえてきた会話に、思わず足が止まる。

「他に好きな人が居るの？」

「別に」

樹と渚さんの声。これは聞いたらいけない――そう頭では分かっていても、気になって動けない。むしろ自然に耳を澄ませてしまう。

「だったら何で、おばあちゃんの肉を食べたの？」

樹はそこで黙るが、渚さんはお構いなし。一方的に話を続けていく。

「学校の友達？　それとも樹は女じゃなくて、男の人が好きなの？　森谷先生とか？」

「何でそうなる」

「あたしは別に良いよ。そういうのも、全然気にしないから」

「だから違う」

日中、私に話した時と同じように、渚さんは樹にあれやこれやと伝えていく。けれど樹は揺らがない。ひたすら彼女の言葉を流し続ける。

――本心では、樹はどう思っているんだろう。

「泉ちゃん？」

森谷先生の声が聞こえて、ビクッと体が動いてしまう。振り返ると、先生は首元からタオルをぶら下げて髪を濡らした状態で、廊下の奥から歩いてきた。

「どうかした？　そんな所に突っ立って」

「あ……お風呂空いたので、瑞葉さんを探していて。居るかなぁって」

立ち聞きしていたのがバレたと思い、ヒヤリとする。変に思われないよう、極力いつも通りを意識して言葉を選んだ。

「瑞葉ちゃんか。俺も見ていないや。何処に行ったんだろ？　一緒に探そっか？」

「いえ、大丈夫です。もう一度、部屋に行ってみようと思います。先生もお風呂上がりですか？」

「そうそう。俺は樹くんに声掛けようと思って、探してんだけどさ。リビングに居る？」

「……さっき声がしたので、居ると思いますよ」

「ああ。そういや、デカい画面でゲームしたいって言ってたな」

私の心配を余所に、森谷先生は何も気に留めていない様子。私の横を素通りして、部屋の中へと入っていった。よくよく考えれば、あの先生なら仮に何か勘付いたとしても、知らない振りをする気がする。

――もしかしたら樹よりも、森谷先生の方がよく分からないかもしれない。

三人になった事で、リビングから響いてくる声は賑やかになる。先程までとは違い、今はゲームの話になったようだ。

「……行こう」

瑞葉さんを探すためにも、私はその場から離れた。


「瑞葉さん。お風呂、お先にありがとうございました。瑞葉さんも入ってくださいね」

民宿の中をうろうろして、ようやく見つけた瑞葉さんの後ろ姿に声を掛ける。

「あ……うん。わざわざありがとう」

私の声に驚いたのか、彼女は一瞬肩を震わせる。手には何か抱えているらしく、体の向きはそのまま、頭だけが私の方を振り向いた。

「もしかしてそれ、部屋の荷物ですか？　物置って聞きましたし、片付けなら手伝いましょうか？」

「ううん、ちょっとだけだから大丈夫。またお姉ちゃんに頼まれちゃってね。でも、これ何だろう……取り敢えず、これ置いてきたらお風呂に入るよ。ありがとうね」

困ったように瑞葉さんは笑う。気になって後を追おうとしたが、彼女はそそくさと廊下を歩いていった。


やがて時間が遅くなり、民宿の中が静まり返る。

「どうするか、樹さんとは話せましたか」

「いえ……二人になった時に聞いてみたんですけど、相変わらず『別に』って言うだけでした」

「そうですか……樹さんらしいと言えば、らしいですけど……泉さんとしては心配ですよね」

――明日で五日目。ここに四人で留まれるとしても、明日まで。

皆と解散した後に、私は佐伯先生と二人でこっそりと話をしていた。

「心配ですけど、とにかく樹がまた歩けるようになってくれれば良いんです。それを思ったら、もしかしたら渚さんにお願いするのも、ある意味で正解なのかなって……」

「……泉さんは、それで良いんですか？」

表情を曇らせる先生に向かって、私は笑って返す。

「でもさっき、たまたま聞いちゃったんですけど……樹はそんな事を考えていないみたいです。樹が望まないなら、焦らずに他の可能性を探せば良いかって」

「……そうですか」

「あ。何か私、喜んでいるみたいで、意地悪ですよね」

「それは違うと思いますよ。泉さんは、樹さんにちゃんと好きな人と幸せになってもらいたいんじゃないですか。良いお姉さんですね」

「……ありがとうございます」

佐伯先生の言葉に気持ちが少し軽くなった。

五日目

――眠れない。

寝ようとしても眠気が全く襲ってこない。あれこれ考えているせいかもしれない。布団の中でごそごそと動いていると、不意にスマホが光った。手を伸ばして、スマホを確認する。その画面で日付が既に変わっている事を知った。

「瑞葉さん……？」


パジャマのまま表で待っていると、民宿の中から駆け出してくる彼女の姿が見えた。

「お待たせ！　誘って、ごめんね。まさか既読付くとは思わなかった」

「大丈夫ですよ。何か眠くなくて、私も起きていたんで」

「そうなんだ、良かった。同じだね」

布団の中で何度かメッセージを交わしているうちに、直接話そうと瑞葉さんから誘われた。夜中で若干迷ったが、実際に瑞葉さんの笑顔を見て、出てきて良かったと思う。

「こんな時間に会っているなんて、何だか修学旅行みたい」

「夜、こそっとトイレに抜け出す感じで？」

「そうそう。泉ちゃん、もう行った？」

「去年行きましたよ。友達と遅くまで起きていたら、やっぱり先生に怒られて――」

瑞葉さんと横に並んで、少し先まで散歩する。街灯はポツンとしかなくて、ほぼ真っ暗。でも二人で歩いていると怖くはなかった。その間も、他愛の無い話がいつまでも続く。会話が途切れる事は無い。

「泉ちゃん、好きな人居る？」

「え？　い、いや。特には……？」

「本当？　だって、そっちには格好良い人がいっぱい居るでしょ。こんな田舎だとおじさんおじいちゃんばっかりだし、年が近くても男の子はまだまだガキっぽいって言うか」

「男子は何処もそんな感じじゃないですか？　私は樹が近くに居るので、そのイメージになっちゃいますけど……男子なんて皆、子供ですよ。真面目な顔していても、頭の中じゃ大した事なんて考えていないですし」

「そうなの？」

「そうですよ。こっちは真剣に悩んでいるのに、樹も森谷先生とゲームの話ばかりしていて……」

最初は笑っていたのに、次第に瑞葉さんは笑みを消す。ついには下を向いてしまった。

「お姉ちゃんの事……樹君、フッたんだって？」

言葉に詰まる。立ち聞きしてしまった会話が脳裏を過るが、あれは恐らく聞いてはいけなかったはず。

「さ、さぁ……」

こちらを見られていないのを良い事に、私も彼女から目を逸らした。

「そっか。でも確かに、樹君は周りに言いふらすタイプじゃないもんね」

「それはあるかもしれません。家でも最低限しか喋らないので、実は彼女が居るって樹に言われても、有り得なくは……」

ボンッ――と、突如聞き慣れない音がする。何かが破裂したような音。

「え？」

音を探して振り返ると、民宿の窓がオレンジ色に光っていた。離れていても分かる程に鮮やかなオレンジ色。くすんだ灰色の煙も見える。その煙は夜空の方へ高く昇っていく。

「は⁉」

「泉ちゃん……！」

歩いてきた道を全力で走って戻る。近付くにつれて、焦げ臭いと鼻からも感じた。

建物の前まで戻って、ようやく事態を認識する。

「……火事？」

民宿が燃えている。

玄関からは、まだ煙が流れてくるだけ。

けれど部屋によっては、窓から勢いよく炎が溢れ出していた。

「さっき、運べって言われたの……もしかして、灯油……」

「え……」

「……お姉ちゃん、まさか……樹君と……？」

渚さんの話が一気に蘇る。彼女の両親の話。火事で亡くなった理由。

――人魚の性質。

「泉さん！」

口元にハンカチを当てて、玄関から佐伯先生が飛び出してくる。佐伯先生は私を見るなり、目を剥いた。

「貴方達だけ……？　じゃあ――」

「樹!!」

嫌な予感。血の気が引いていく。

突発的に飛び出した私の体を、佐伯先生が両腕で受け止める。

「ダメです！」

「でも!!」

「泉ちゃん、戻るなんて危ないよ……！」

二人に静止される間にも、パチパチと火花が跳ねる音が大きくなっていく。

「……あたし、人を呼んできます」

私達を残して、瑞葉さんは何処かに駆けていく。二人だけになって、私は佐伯先生の腕を払い除けた。

「まだ中に居るのに！」

「分かっています。だから貴方はここに居てください」

佐伯先生は向きを変えて、扉が開いたままになっている玄関を真っ直ぐ見つめる。

「先生……」

何を考えているのか、容易に想像が付いた。何より、これまで一緒に居て、先生の人柄も知っている。

――だったら。

先生の目を潜り抜けて、先に私が駆け出す。

「泉さん⁉　ああ、もうっ……！」

先生の怒っているような、呆れているような声がする。けれどその直後、すぐに先生の足音が私の後を追い掛けてきた。

玄関に入った段階で熱い。廊下にも既に熱気が充満している。炎と煙もかなり迫ってきていて、奥の方はほぼ見えない。

「泉さん！　火の勢いが強いです！　本当に危ないから、戻りなさい！」

「先生だって、同じじゃないですか！」

「貴方はまだ若い！　何かあっては取り返しが付かないんですよ！」

先生と口論するものの、上手く進めない。火の気が強くて怯んでしまう。

だけど廊下の奥で、炎とは違う、揺れる影に気付いた。

「先生!!」

私の声にはっとしたのか、佐伯先生が黙る。その代わりに、私と一緒になって目の前の人影に駆け寄った。

「先生、樹がまだ……！」

「居る！」

森谷先生は何度か咳き込むが、口元を押さえようとはしない。その手は後ろに回されており、背中の樹を支えている。樹と目が合い、ほっとして一瞬涙が出そうになった。

「どっから火ィ出た。何か漏れてんのか」

「分かりません。火の回りが早いので、とにかく……」

先生達は外へ向かって歩き始める。私もそれに一旦は付いていくが、すぐに足を止めた。

――まだ全員、揃っていない。

「渚さんは？　確か、先生達より奥の部屋に……」

進むべき方角とは反対側に、私は目を向ける。炎は轟々と音を立てて、先程よりも一段と勢いを増している。廊下は赤く燃える火の壁で、奥と手前が隔てられている。

立ち止まっていると、佐伯先生に手首をぐいと強く引っ張られた。

「絶対ダメです」

「けど……まだ……」

「俺等が部屋から出た段階で、奥に行ける状況じゃなかった。悪いけど、一遍に助けられる数には限度がある。だから優先順位を付けないといけない。君等は悪くない」

森谷先生は早口でそう話して、私の方は一切見ず、出口だけを見据えて前へと進んでいく。先生の背中では樹が後ろを振り返るので、また私と目が合った。

――これがあの人による火事なら、私が守りたいものは。

「泉さん、早く！」

佐伯先生が強い口調で再び促してくる。それに素直に頷く事は出来ないが、拒み切れる程の良心も私には無い。

気持ちの変化を察したのか、佐伯先生は私から手を離す。そうして佐伯先生は、先を進む森谷先生の後を追った。

――ごめんなさい。

先生達に続いて、私も駆け出す……が、何かが一瞬、動いた気がする。反射的に後ろを振り返る。

背後では、迫ってくる炎がゆらゆらと揺れているだけ。物が焼け朽ちていく轟音が大きくて、他の音は何も拾えない。

人の声が聞こえた、人影が見えたと思ったのは、きっと気のせい。

怖くなって全力で走る。すると短い距離だったので、すぐ先生達に追い付いた。

「先生……？」

だが様子がおかしい。もう数メートル進んで外に出れば安全なのに、何故か先生達は玄関の直前で立ち止まっている。

「渚ちゃんは」

あのおじさんの声がする。渚さんを可愛がっていた民宿のおじさん。後ろから覗くと、玄関先に立っているおじさんを佐伯先生が押し退けていた。

「消防への通報は？　せめて消火器、人を集めて……」

「そうか。じゃあ渚ちゃんは、本当に」

佐伯先生が辺りをきょろきょろと見渡す。その傍らで、おじさんが片手を上げた。

「は⁉　アンタ、なにっ――」

突然、森谷先生が後ろに倒れ込んでくる。私は咄嗟に避けるが、先生はその勢いのまま地面に尻餅をつき、樹から手を離した。

「え、先生⁉　樹、大丈夫⁉」

樹も体をぶつけたらしく、少しだけ顔をしかめる。慌てて樹の隣に膝をつくが、樹は大丈夫と呟いた。

「その子は置いていけ。渚ちゃんが可哀想だ」

――その子って。

今までに聞いた事の無い冷たい声。あのおじさんとはとても思えなかった。

声の方を見上げると、森谷先生が転んだ理由が分かった。おじさんは片手に斧を持ち、高く振り上げている。その刃は確実に樹を捉えている。

「俺等、この子達の保護者代わりなもんでね！」

森谷先生は飛び起きて、おじさんの腕を掴む。少し遅れて、佐伯先生も背後からおじさんに飛び掛かった。

「これはうちの風習だ。余所者が口を出すな」

「無理心中を許すのが風習だと？」

「そういうのは、地元の人間だけでやってろ……！」

まとわりつく先生達を払おうとして、おじさんは腕を闇雲に振るう。それを先生達は必死に押さえ付ける。

「先生――」

はっとして隣を見る。

「樹、早く！　肩、貸して！」

佐伯先生と森谷先生が時間を稼いでくれている理由は明白だった。樹と肩を組んで、私は一緒に立ち上がろうとする。早くここから逃げなければ。すぐ後ろまで迫ってきている火から、自分達を守らなければならない。

「ご、ごめん」

「平気だから、もっとこっち寄って！」

弟と言えど樹の体は私より少し大きい。決して軽くはない。樹もこの時ばかりは、申し訳なさそうに眉尻を下げていた。

体を寄せ合って、どうにか樹の上半身が持ち上がる。早く、早くと気持ちが急く。早くしないと、先生達も危ない。

――音がする。

本能的に感じる嫌な気配。背後から音がする。焼ける音とは明らかに違う。

焼け崩れる音に混ざって、ずる、ずると、何かが這いずってくる。

絶対に今、振り返ってはいけない。

「行くよ！」

肩を組んで、樹と共に前へ進む。

けれど一歩踏み出した瞬間、樹の肩がぐいっと下がった。体が重くなって、とても私だけでは支え切れない。

「樹、何して――」

隣を見ると、樹が固まっている。固まっているが、その足元には動くものがあった。

「置いて、かないで」

樹の左足に火がまとわりつく。その火の中には、人の指のようなものが見える。指の先には赤いマニキュア。

後ろから伸びる人の手らしきものが、樹の足首にしがみついている。

「離して!!」

一瞬息を呑んだが、咄嗟に叫んで樹の体を引っ張る。それでも樹の体は私に付いてこない。

「離して！　離してよっ……！」

「泉さん⁉」

気を取られたのか、私が声を上げた直後、佐伯先生が突き飛ばされた。

「佐伯先生――」

「離しなさい」

抑える人が森谷先生だけになると、おじさんは一層激しく腕を振る。そのせいで斧の先端が森谷先生の脇腹をかすめて、血が飛んだ。

「森谷君！」

「向こう行ってください！　俺だけで平気です！」

「……泉さん！　樹さん！」

森谷先生は一人でおじさんを抑え続ける。その森谷先生を残して、佐伯先生が私達の元へ駆け寄ってくる。

「せん、せ……」

樹の足元を見た途端、先生が酷く困惑した顔を見せる。けれど動じたのは一瞬だけで、すぐに私の反対側に立ち、樹と肩を組んだ。

「す、すんません」

「いいから、行きますよ！」

「は……はい！」

佐伯先生と息を合わせて、樹を持ち上げる。左右から二人で支えると、今度こそ樹の体が動いた。

樹と一緒に、ずる、ずると、足にしがみつく塊も前へと這い出してくる。よく見れば、樹の左足に二本の腕が絡み付いて、がしりと足首を掴んでいる。

――あの人、いつまで。

そのまま強引に樹の体を引きずっていく。どうにか玄関まで戻ってきて、外から流れ込む空気を感じる。

でも樹は顔を歪めている。声は上げないが、歯を食いしばっている。必死に感情を抑えている。何かを我慢している。

「樹……」

恐らく堪えているのだろう。熱いから。あんなものが足にしがみついていたら、痛いに決まっている。

何より火が燃え移ったら、樹まで――。

『置いてかないで』

聞こえる声は、本当に彼女が言っているのか分からない。あそこまで燃えているなら、普通に話せるはずが無い。私の空耳かもしれない。

そうだとしても、まだ樹にまとわりついている。しがみついたまま、樹を離そうとしない。その事実は変わらない。

「いい加減、離して……！」

樹の肩を支えながら、火達磨になっている彼女の体を足蹴にする。片足で何度も何度も彼女の腕を蹴り落とそうとするが、それでも樹から離れない。

「樹を離して！　離して！　離してよぉ……！」

「渚ちゃんに何て事を」

私が何度も蹴り付けていると、おじさんが形相を変える。森谷先生に掴まれたまま、力ずくで斧を振るう。

「森谷君！　逃げてください！」

「俺が、今、離す訳にはいかんだろ！」

斧の先端が森谷先生の顔に当たり、次は額から血が流れる。それでも森谷先生を気遣う余裕は無く、私は必死に樹の足に居るものを蹴落とそうとしていた。

——離れない。

二本の腕は、樹の足首を掴んだまま。

私がどれだけ蹴飛ばしても離してはくれない。樹は更に顔を歪めていく。

どうすれば良い。彼女から離れる術は何か無いのか。

そう考えていると、おじさんが握る斧に目が行った。

「先生、樹をお願いします！」

「い、泉さん⁉」

「樹！　ちょっとだけ待ってて！」

私が肩を離した瞬間、樹の体がまた沈む。それを佐伯先生が支えてくれるが、私は二人を残して一目散に駆け出した。

「泉ちゃん⁉　危ないから、君は——」

真っ直ぐに向かって、私はおじさんに掴み掛かる。森谷先生と一緒になって、斧を振り回すおじさんの手を掴んだ。

「何だ、離せ！」

「これ！　貸して！」

唖然としている先生を置いて、私はおじさんの手から斧を奪い取ろうとする。指を剥がそうと、皮膚に爪を立てる。

――取れない。

「泉ちゃん！　君は本当に何してんの‼」

森谷先生がより強く抑えてくれているのか、おじさんは私を振り落とせない。こんな時だけど、森谷先生は良い先生なのかもしれないと初めて思った。

――でも取れない。これがあれば。

「泉ちゃん……？」

不意に好きな人の声が耳から入ってくる。

「瑞葉ちゃん、よう戻ってきた。早くコイツ等、余所者を――」

でも今は関係無い。おじさんの注意が逸れた隙に、私はおじさんの手にガブリと噛み付いた。

「いたっ！　この……！」

手の力が緩んだ瞬間、斧を奪い取る。私は脇目も振らず、再び樹の元へ向かう。

その途中、瑞葉さんの姿が視界に入る。彼女の手には青いポリタンクが抱えられていて、火を消しに来てくれたに違いないと思った。そうだとしても、あの量の水ではとてもこの火事は消せそうにない。

もしかして瑞葉さんも、おじさんと同じように樹を――嫌な考えが一瞬過った。

「あンの、娘！」

「先生、動いて」

「は……なに……」

後ろから森谷先生の声が聞こえるが、私は振り向かない。そんな時間は無い。

「泉さん⁉」

「先生、動かないで！」

樹の元へ戻る。まだあの女の手が樹にしがみついている。樹の足の皮膚が赤くただれている。こんなの痛いに決まっている。

私はすぐさま、斧を振り上げた。

「樹を離せ‼」

彼女の腕に向かって、躊躇無く斧を振り下ろす。もう一度、ダンッと大きな音を立てて振り下ろす。すると大きな火達磨から、二本の細い腕が切り離された。その断面からは、あのにょろにょろが動いている。数が多くて、色は半透明になっている。熱くて内側で藻掻いているのか、これまでに見た事の無い動きで、にょろにょろぐにゃぐにゃと蠢いている。凄く気持ち悪い。

でも、今はどうでもいい。

「樹！　行くよ！」

すぐに樹と肩を組んで、真っ直ぐに外を見つめる。もう先程のような重みは感じない。これならばと、私は樹の体を思い切り引っ張った。佐伯先生も遅れて樹を支える。

「瑞葉ちゃん、何を……」

外に目を向けると、瑞葉さんが青いポリタンクの中身をおじさんに掛けていた。森谷先生は既におじさんから離れている。

「おじさん、お姉ちゃんをずっと可愛がってきたもんね。それなら、おじさんが一緒に居てあげれば良いよ」

見覚えのあるライターを瑞葉さんは取り出す。彼女はそれに火を灯すと、地面へと近付ける。すると瞬く間に火が広がっていき、それはおじさんの体を一瞬で包んだ。

「……灯油の臭い……マジか……」

「瑞葉さん……」

目の前でおじさんが悲鳴を上げて燃え始める。コロコロと地面を転がる。先生達はその光景に呆気に取られているが、私は目に入らない。

「樹！　外だよ！　もう大丈夫――」

――大丈夫じゃない。

玄関を越えて、背後から火の届かない場所までようやく出てこられた。

「っ……センセ……」

けれど樹の表情は変わらない。むしろ今は冷や汗が滴り落ちている。樹の左足にはまだ、腕だけになった塊が炎と共にしがみついていた。

私は持っていた斧を落として、樹の足元にしゃがみ込む。私が離れると同時に、樹の体も地面に崩れた。

「いい加減、離して……もう諦めて……！」

樹にまとわりつく指を剥がそうとする。その指先の赤いマニキュアは溶けて、もうほとんどが剥がれ落ちている。そこへ私が触れると、じゅうっと音がする。皮膚が焼けただれる熱さに思わず手を引いてしまう。こんな痛みがいつまでも続くのなら、樹だって堪えられるはずが無い。

「離して！　樹はアンタのものじゃない！　返してよ……！」

「み、水を……早く……」

佐伯先生が震えた声で呟くが、外に水場は無いと話していたのを思い出す。あれは花火をやった日だっただろうか。

――離れない。取れない。剥がれない。

「樹……」

このままだと樹が死んでしまうのではないか。あの女に道連れにされて。

そんな恐怖から、両親の死を思い出して、勝手に涙が込み上げてくる。

「水じゃなくて良い！　土で良いから、早く――」

「森谷センセ‼」

突然、樹が大きな声を出す。こちらに駆け寄ろうとしていた森谷先生が、ビクッとして動きを止めた。

「足、切って……！」

近くでおじさんがのたうち回っているのに、私達の誰も見向きもしない。瑞葉さんだけはおじさんが燃えていく様を静かに眺めていた。

「い、樹？　なに、言って……」

「早く‼」

樹は俯いていたが、森谷先生に向かって叫んでいるのだと分かった。

「樹！　そんな事したら、本当に歩けなく……」

足を切れば治るかもしれない――以前に瑞葉さんから教えられた話が蘇る。でもあの方法は確実では無いと知っている。

「ダメだよ……樹……もし、治らなかったら……」

「も、森谷君……」

いつの間にか森谷先生も近くまで来ていて、私達を見下ろす。今までに見た事の無い表情で、森谷先生とは思えない程に戸惑っているのが伝わってきた。

「……センセがやらないなら、俺がやる」

まだ肩を支えていた佐伯先生を押し退けて、樹は膝で立つ。その体勢のまま、樹はポケットから紐らしき物を取り出した。

「そんなもの……樹さん、いつの間に……」

「本気か⁉」

「言っただろ！」

左足の膝下に、樹は紐を巻き付けていく。手早くグルグルに巻いて、きつく締め上げる。

「足が無ければ……もうっ……」

私が落とした斧を拾って、樹は後ろを振り返る。自分の左足を見ている。燃え続ける彼女の腕に掴まれたままの左足を。

「待て‼」

持ち上げた斧を、左足に向かって樹が振り下ろす。斧がふくらはぎに刺さった瞬間、私の前に血が飛び散った。

「やめ……待って……痛いよ、そんなの……やめて……」

震える手で私が止めようとしても、全く意味は無かった。樹は顔を歪めているのに、もう一回、二回と、斧を自分の足に落とす。

「っ……う……」

ようやく樹は斧を手離す。けれど肉がえぐれて骨が剥き出しになっているだけで、足は切れていない。思ったよりも血が少ないと感じるのは、縛っている影響なのか。

下を向いたまま、ふらついている樹の体を私は抱き止める。樹の上半身を受け止める事は出来ても、足から溢れてくる血はどうすれば良いのか分からない。中途半端に繋がっているせいで、動かして良いのかも分からない。助けを求めて佐伯先生に視線を送るが、先生も固まっていた。

「クソッ……マジかよ……マジでか……」

ブツブツ呟きながら、森谷先生は止まっていた足を動かす。樹が落とした斧を拾い上げる。

「先生……」

ここまで来ると、何と伝えるのが正解だろう。

――切らないで？　それとも早く切って？

私の口はパクパクと動くが、実際の音は出てこない。私は樹の体を抱き締めて、森谷先生と樹の足を交互に見比べるだけだった。

「も、森谷君……やっぱり……私が、言い出さなければ……」

「クソッ……クソッ……クソッ、クソックソックソックソッ……クッソが……!!」

延々と同じ言葉を吐いて、それでも森谷先生は斧を振り上げる。

「………絶対……動くんじゃ、ねぇぞ……!!」

斧が落ちると、今度はメキッと、肉が切れる時とは違う音がした。

樹は悲鳴を上げない。けれど、絞り出したような低い声が聞こえる。唸ったまま、物凄い力で私にしがみついてくる。

「佐伯先生！」

森谷先生に呼ばれて、はっとした様子で佐伯先生が動き始める。樹の左足の先端をハンカチで覆うが、すぐに真っ赤に染まった。切り落とされた方の足は地面に転がり、その断面ではあのにょろにょろが動いていた。今までよりも、いっぱい。

「センセ……右、も……」

「この状況で両足なんか切れるか！」

——そう言えば、歩けるようになるには、両足を切らないといけないんだっけ。

先生達は忙しなく動く。私は樹を抱えたまま、切り離された樹の左足と、未だにそれを離さない彼女の両腕をただ見つめた。

そこに一人だけ、ゆっくりと歩いてくる人影がある。砂利を踏む音が近付いてくる。

「泉ちゃん、大丈夫？」

見上げると瑞葉さんで、その後ろには静かに燃えている塊がある。転げ回っていたはずのおじさんは、いつの間にか動かなくなっていた。

「瑞葉さん、どうしよう……樹が……それに……」

——あれ？　私達どうなるの？

瑞葉さんの顔を見たら、一種の冷静さを取り戻したのか、急に不安が込み上げてくる。むしろ不安と心配しかない。

樹だけじゃない、渚さんは？　彼女の腕を切ったのは私。樹の足を切ったのは森谷先生。あそこで転がっているおじさんは？

「大丈夫だよ。お姉ちゃんが樹君を巻き込んで死のうとした。それに失敗して、逆上したおじさんが樹君の足を切った。森谷先生も怪我しているし、それで誤魔化せるよ。おじさんはお姉ちゃんを助けようとしたけど、そのまま火が移って、一緒に燃えちゃったって事で。泉ちゃんも樹君も先生達も、その筋書きで口裏を合わせてね。あたしもそうやって伝えるから。慰謝料とか治療費とか、詳しい事はよく分からないけれど、お姉ちゃんが貯めてきたお金で出せるだけ全部出すから。ここが潰れようが廃れようが、あたしにとっては本っ当にどうでも良いし。それより泉ちゃん達に、出来るだけ迷惑が掛からないようにするね」

彼女はこれまでで一番流暢に話す。そんな彼女の姿は、今この場で最も異様だった。優しいのではなくて、気味が悪い。

「心配？　大丈夫だよ。ここじゃ、フラれたら一緒に死のうとしても、誰も不思議に思わないからね。皆、人魚の存在を崇拝しているから。人魚ってだけでチヤホヤされて、何やっても許されるの」

「人魚……で、でも瑞葉さんだって……」

「あたしは人魚じゃないよ」

「……え？」

「お姉ちゃんだけが人魚の血を引いているの。だからあたしは、いつもお姉ちゃんの後ろを付いて回るだけ。本当、金魚のフンみたいだよね。別に好きでやっている訳じゃないけど」

樹の足を押さえる傍ら、佐伯先生が顔を上げる。

「瑞葉さん……この火事……まさか……」

「でもね、泉ちゃん達が来てくれて嬉しかったよ。お姉ちゃんと分け隔てなく接してくれて。むしろ、あたしの方が仲良いんじゃない？　って、思っちゃったし」

照れた様子で瑞葉さんは一度目を逸らすが、また私の方を見て、にっこりと笑った。

「泉ちゃんと友達になれて、凄く嬉しい。泉ちゃんが無事で良かった。でも、中に戻っているのを見た時は、本当に心臓が止まるかと思っちゃった。危ないって、ちゃんと言ったのに。泉ちゃんは、すっごく弟想いだね」

――この人、こんな人だったっけ。

何と返せば良いのか分からない。言葉を失ったまま、私は瑞葉さんの顔を見つめる。

そこへ一台の車が勢いよく乗り込んでくる。

「救急車、待ってる場合じゃない！　こっちからも向かう！　乗れ！」

運転席から森谷先生が飛び降りてきて、樹の体を持ち上げる。

「佐伯先生、樹くんと後ろで良いですか！　悪いけど、泉ちゃんは俺の隣で道案内して！」

「は……はい」

森谷先生の気迫に押されて、反射的に頷く。その間に森谷先生は、車の後部座席に樹を押し込んでいた。

「田舎だと車の鍵なんて挿しっぱなしだからね。その車、後は乗り捨ててください。泉ちゃん達は樹君のために、早く病院に行ってあげて」

「……貴女はどうするんですか」

「そろそろ皆が集まってくる頃だから、あたしが相手します。そういう役割はあたしの仕事ですから。でも、これが最後だと思いますけどね。お姉ちゃんが居なくなれば、あたしはもう自由ですから」

「……そうですか」

佐伯先生は彼女を一瞥だけして、すぐに車へ乗る。けれど私はまだ瑞葉さんから目を離せないでいた。

「瑞葉さん……」

聞きたい事が山程ある。死ぬ程あるはずなのに、何故か出てこない。

「泉ちゃん、またね。こんな詰まらない場所から出て、必ず会いに行くから」

「泉ちゃん！　早く‼」

私の好きだった笑みを浮かべて、瑞葉さんは小さく手を振る。それに応える事が出来ないまま、私も車の助手席へ乗る。

「ごめん、佐伯先生！　俺のケータイ、もう救急と繋がってるから、対応お願いします！」

森谷先生は自分のスマホを佐伯先生に投げて、早々に車を出す。車の窓からは、変わらず手を振る瑞葉さんが見える。車が動いても目が合う間は、瑞葉さんはずっと笑顔で私達に手を振っていた。


――どうなるのか分からない。

でも今はとにかく、樹を助けて欲しい。左足からの血が止まらない。佐伯先生から告げられた病院をスマホで調べて、私はその場所への道順を森谷先生に伝える。しばらくは真っ直ぐに進むばかりで、辺りに見えるのは田畑だけ。夜遅いせいか車は一台も擦れ違わない。街中まで行けば、救急車がすぐ助けに来てくれるだろうか。

後部座席からは時々、樹の唸り声が聞こえてくる。佐伯先生が付いているから、きっと大丈夫。適切な応急処置をしてくれるはず。そう思いながらも、チラチラと後ろを何度も振り返ってしまう。

「泉ちゃん、まだ真っ直ぐ？」

「は、はい。五分位はずっと――」

森谷先生に話し掛けられて、私は慌てて前を向いた。

「……佐伯先生」

「樹さん。痛み止めを飲んでも、たかが知れています。喋らなくて――」

「今……だから、森谷の奴……病院、着いたら……」

「………すみません」

それから

樹は死ななかった。

病院へ搬送されて、無事、手当てを受ける事が出来た。ちゃんと生きている。

「ゲームデータ、全部燃えた……」

「アンタねぇ」

しかも意外に元気そう。直後の数日間はずっと怠そうに眠っていたが、今では以前と変わらないと感じるようになった。

――無くなってしまった左足以外は。


あれから警察の人が来た。けれど話を聞くと、私達は被害者という立場だった。

――渚さんの腕に斧を突き立てた感触は、今でも手に残っている。

咄嗟だったとは言え、許されるものでは無い。弟を想う故の行動だったとしても、度を過ぎている。あの時の行動に人魚の血筋が関係しているのかは、私には分からない。

そんな私でも分かったのは、事態はどうやら瑞葉さんが話したシナリオ通りに進んでいるらしいという事だった。

「泉ちゃんはよく覚えてないって言っときな」

「でも……」

「嘘をつくなら、佐伯先生より俺の方が断然上手いからね」

森谷先生はニヤリと笑って、私の頭をポンポンと撫でる。その手の感触に覚えがあって、私は森谷先生を見上げた。

「大丈夫だよ。樹くんも、君よりポーカーフェイスが上手いから」

話を聞かれたのは、主に樹と森谷先生。警察の人と話をする間、人魚という単語が出てくる事は一切無かった。


あの場所がその後どうなったのか、恐らく森谷先生や佐伯先生は私よりも知っている。彼女達がどうなったのかを。でも先生達は私や樹に話そうとしなかった。

佐伯先生は一旦私達から離れたが、すぐにまた戻ってきてくれた。多少時間があいても、あの場所の話を隠そうとする姿勢は変わらなかった。私達を心配して、気遣ってくれているに違いないが、それでも少しは教えて欲しいと思った。

――あれから、瑞葉さんから連絡は来ていない。

この先、来るかどうかも分からない。ただ私達があそこへ行かなければ、彼女達が変わる事も無かったはず。昔の風習に乗っ取り、徐々に衰退していく地方の人魚崇拝。

「あの子はただ、きっかけが欲しかっただけだと思います。それがたまたま、年が近くて喋り易い貴方になってしまっただけで」

佐伯先生と一度だけ、瑞葉さんについて話す機会があった。佐伯先生はそう言ってくれたが、私はずっと顔を伏せていた。


やがて樹の状態が落ち着くと、地元の病院へ戻る事が出来た。

「やっほー」

「……こんにちは」

「あ、先生！」

白衣を着た二人の先生達と再会した時は、心底から安堵した。

「森谷先生も捕まってなくて良かった……」

「言い方ね、泉ちゃん。まぁ俺もどうなるかと思ったけど」

「センセーが逮捕されても、面会は行く」

「あのねぇ……」

「……ふふっ」

「何で佐伯先生まで笑ってんですか！」

四人揃うと、あの時を思い出して怖いような気もしたけれど、実際は安心感の方が断然強かった。

慣れた場所に戻ってこられたとしても、樹の左足が目に入ると気分は沈む。

でも、その時は突然やってきた。

「樹……何してんの……？」

「立てる」

「……え⁉」

病室に行くと、片足で立っている樹と不意に出くわした。

ただの偶然かと思ったが、そうではなかった。片足だけで、樹は本当に歩く力を取り戻していた。

「瑞葉ちゃんの読みが当たったたって訳か」

「でも片方の足しか、切っていないのに……」

佐伯先生は忙しいのか、転院した初日以来、病室には顔を出さなかった。代わりに森谷先生が最低一日一回、多い時は数時間置きに会いに来てくれた。

その森谷先生がせっかく来てくれているのに、樹は気にせず、ベッドの上で先生達に新しく買ってもらったゲーム機を黙々と触っている。だから私と先生だけで話を続けていく。

「あれじゃない。渚ちゃんに足を掴まれたから。それで左足に虫が集まったとか」

「……そんな事って有り得ます？」

「さぁて。でも最初の頃に渚ちゃんが言ってたじゃん。樹くんの手を握りながら『手が熱くなるのは、稚魚が反応している証拠』って。あれってつまり、人魚同士が触れ合うと、そこに寄生虫が集まるって意味だったたんじゃない？」

「あ……」

寄生虫を一箇所に集める方法があれば——以前、佐伯先生と交わした会話を思い出す。

「まさか……本当に、それで……？」

「全部推測だから、今となれば、なぁんにも分からないけどね。何が事実で、何が作り話なのか。君達にとって、これが幸なのか不幸なのかも」

「……」

「んでも、樹くんが歩けるようになって、本当に良かったよ」

一時は真面目な表情ばかり見せていた森谷先生も、最近になってまたニヘニヘとした例の胡散臭い笑い方をするようになっていた。


退院を間近に控えた日。

夕方。人の出入りが少なくなった時間帯に、ノックする音が病室に響いた。

「こんにちは。お見舞いの間隔があいてしまって、すみません」

「佐伯先生！」

佐伯先生が現れると、流石に樹もゲームを止めて会釈した。すぐにゲームは再開されたが。

「先生のスカート、初めて見ました！　雰囲気が違って、可愛いですね」

「そうですか？　何だか恥ずかしいですが……ありがとうございます」

「あ、可愛いって失礼ですよね……ごめんなさい。あれ、私服って事は……？」

「今日は休みを取っていたので」

「そうなんですか。お休みなのに、わざわざありがとうございます」

「いえ。樹さんの調子はどうですか？」

久し振りに会えた佐伯先生に、こちらの近況を伝える。リハビリが上手くいっている話をすると、佐伯先生は嬉しそうに微笑んだ。

「樹さんの話は森谷君からも聞いていましたが、実際にお顔を見て安心しました。でも泉ちゃんの方はどうですか？」

「え？　私ですか？」

「高三の夏休みは、とても大事な時期ですからね……それが私が言い出したせいで、こんな事になってしまって……」

進路を心配してくれているのだろうか。私はゲームをしている樹をチラッと見た後、佐伯先生に視線を戻した。

「いえ……私にとっても、凄く貴重な時間になったので、気にしないでください。勿論、良い思い出ばかりじゃないですけど……お陰で進路も決めました」

「進路を？」

恥ずかしいから、私は少しだけ声のボリュームを落とす。

「うち、お金はそこまで無いので、先生達を目指すのは難しいけれど……看護師さんか理学療法士さん、勉強したいと思いました。大学か専門学校か、地元の何処にするかも、まだ迷っているんですけど」

「……そうだったんですね」

「はい。だから全部、先生達のお陰です。樹が歩けるようになったのも、先生達が諦めずに、一緒に治す方法を探そうって言ってくれたお陰ですから」

どうしてか佐伯先生が眉を寄せる。不意に泣きそうな顔になって、下を向く。私に顔を隠しているようだった。そう言えば、以前にもこんな表情を見せた事があった気がする。

「……ごめんなさい……泉ちゃん、樹さん……」

でも次に顔を上げた時、佐伯先生はまた微笑んでいた。

先生が何を思って、あんな表情を浮かべたのか分からない。

落ち着いて、もう少し親しくなれたなら、その時は聞いてみようと思った。

「佐伯先生、うちの病院辞めたよ」

「え……」

でもそんな機会は、もう来なかった。

退院して、樹が松葉杖でしっかりと歩けるようになった。改めて先生達に会いに行ったら、森谷先生からそう告げられた。

「人手不足が深刻だから、大変でも田舎の病院に行くってさ。佐伯先生の弟さんは、俺が出入りしている研究室に変わらず居るから、縁が切れた訳じゃないけどね」

最初に皆で集まったコーヒーチェーン店。四人掛けの席が、今は三人分しか埋まらない。

「随分、急なんですね……挨拶位、したかったな……」

「……急って訳でも無いんだよね。こういう異動の話は、ある程度、前から出てくるから」

「え？　だったら……」

「正確には、迷っていたけど、急に引き受けたって感じかな」

それなら故意に黙っていたと解釈出来てしまう。私は森谷先生の顔をじっと見つめる。樹は特に驚く素振りも見せず、私の隣でずずっとカフェラテを啜った。

「……佐伯先生から、泉ちゃん宛てに手紙を預かっている。中身は知らないけど、俺は書かれた内容に予想が付いている。読む？　もしかしたら嫌な気分になるかもしれない」

森谷先生が机の上に白い封筒を置く。躊躇わず、私はすぐに封を開けた。

ごめんなさい。私は汚い人間です。
人魚の肉を手に入れるために、貴方達を利用しました。
森谷君は私を手伝ってくれていただけです。私がお願いしました。
だから森谷君は責めないでください。どうか軽蔑するのは私だけにしてください。
私を慕ってくれていたのに、ごめんなさい。
泉ちゃんの期待に添えられるような人間でなくて、ごめんなさい。
きっと嘘にしか聞こえないだろうけど、貴方達と話している時間は楽しくて
全てを忘れていました。出逢えて良かったです。
でも、ごめんなさい。

中に入っていたのは一枚の便箋だけ。綺麗な文字で、佐伯先生は絵が下手でも文字がとても上手なのだと、この時、初めて知った。

私は何も知らなかった。

いや、これは――。

「もしかして……私だけ、ですか……？　知らなかったの……」

樹は私と目を合わそうとしない。いつもと同じ振る舞いでも、いつもとは違う。それは多分、姉弟だから感じる些細な変化だと思う。

「……ごめんね。樹くんには、初めに俺から話した」

ああ。樹がよくスマホを触って、森谷先生と連絡を取っていたのはそれかと思い返す。そう言えば結局、佐伯先生とは連絡先を交換していなかった。きっと先生は最初から、私とは一定の距離を置くつもりだったのだろう。

――そう考えてから手紙の文面を読み直すと、涙が込み上げてきた。

この二人の前で泣きたくない。泣かないように、溢れてくる気持ちを必死に抑える。

「……君達と接触するきっかけになった、あの肉の噂もね……最初に佐伯先生が教えてくれたんだ。俺がオカルト好きって、弟さんから聞いたみたいで」

鼻を啜ってから、私は森谷先生に言葉を返す。

「じゃあ……佐伯先生は……本当に、最初から……」

「佐伯先生はずっと探していたんだって、人魚の肉。まぁ今となればの言い方だけどね。それで広告も見た事がある。その時は〝蹴られなくなる肉〟だったらしいけど、すぐにアカウントが消されて、買う事は出来なかったんだって。それでも、どうしても欲しいからって、俺に相談してきたの」

「……何で、佐伯先生……そこまでして……」

「義理のお姉さんを助けたいって話してた」

「お兄さんが居るって話は聞いた？　佐伯先生も小さい頃、よく蹴られたらしいよ。で、そのお兄さんが今はお嫁さんを蹴るんだって」

佐伯先生からお兄さんの話は教えてもらっていた。確か、あの場所へ向かう電車の中。けれど、ただ仲が良くないだけなのかと思っていた。

あの話が佐伯先生にとって、全ての根源になっていたとすれば……もっと詳しく話を聞けば良かった。

「いわゆるＤＶだと思うけど、お嫁さんは別れようとしない……よくある話だけどね。佐伯先生はその義理のお姉さんが大好きだから、守りたいんだって」

ＤＶ。家庭内暴力。その言葉は森谷先生にとっても、無関係では無いはず。

「……だから、先生も……手伝って……？」

「ん？　まあ、蹴る相手の足が動かなくなれば、確かに暴力自体は止まるだろうからね。根本的な解決になるかって言うと話は別だけど、当人達は必死だからさ。それでオカルト染みた噂でも試してみたくて、歩けなくなる肉――例の人魚肉を探していたって感じかな」

「……でも、結局……人魚の肉は……」

「樹くんがくれたよ」

「……え？」

「樹くん自身も人魚だった訳だからね。足切った直後。病院に向かう車の中。君達を救急に送り届けた後、佐伯先生が泣きながら教えてくれた。俺もあのタイミングしかチャンスが無いとは思ったけど、最後の判断は樹くんに委ねたからね」

――樹が自分の肉をあげた？

「……そうなの？」

「ん」

樹は軽く頷く。今は両手でスマホを触っていた。

「じゃあ……佐伯先生が一瞬、居なくなったのは……」

「お兄さんに、寄生虫が入った人魚の肉――樹くんの生肉を食べさせるために、急いで実家に戻ったんだと思う。お義姉さんが心配で、元から実家には寄るつもりでいたみたいだけどさ」

「……それで……佐伯先生の、お兄さんは……？」

「俺もそこまでは聞いていない。けど、ここの病院辞めて、君達の前から消えたのが答えかなって、個人的には思っている。泉ちゃんは特に佐伯先生を慕っていたからね。先生ってのは本来、人を助けるのが仕事だから」

森谷先生は後ろにもたれながら、ドリンクをずずっと飲む。前と同じで、またいかにも甘そうな物を頼んでいた。

「あの……森谷先生は……？　先生も、どっか行っちゃうんですか……？」

「俺？　俺は悪いけど、神経ず太いからね。まだ居るよ。うちの口外は常に人手不足だし、学位もまだだからさ。離れたくても離れられんわぁ」

暗い空気を変えようとしてくれたのか、森谷先生は肩をすくめて、おどけた仕草をしてみせる。この先生、案外まともだったのかもしれないと今更思った。


時間が経つにつれて、樹は一人でも歩けるようになっていった。

今は松葉杖だけど、義足の話も出てきているらしい。相変わらず私には、細かい事を教えてくれないけれど。


夏休みが終わりに近付き、スマホには友達からのメッセージが頻繁に届くようになった。そのせいで、連絡を取り合っていない人のアカウントはどんどん下の方へ隠れていき、やがて画面から消えてしまう。

――瑞葉さん。

彼女のアカウントを見る。あれから何も連絡は来ていない。恐る恐る送った「大丈夫？」の私のメッセージに既読は付いたが、それだけだった。

彼女が本当に私の元へ来る時、いつかまたメッセージが届くのだろうか。それとも、あれはただの口約束？　そもそも彼女は今、どうしているのだろう。

普通に考えれば、瑞葉さんの行為は明らかに罰を受けるべきもの。だけど人魚を敬い、報われぬ想いを尊ぶ――その末に心中を受け入れる文化の中では、今後も公にならないのかもしれない。それこそ彼女が話したように、あれは渚さんがもたらした火事だと言われたら「仕方無い」の一言で、あの場の人々は片付けてしまうのだろうか。だとすれば、これまでもそうやって揉み消された故意の死が、何処かに隠されているような気がしてならない。

「やだなぁ……」

――知らなきゃ良かった。

自分の家系。人魚の血筋。病的なまでの愛情。そのためなら行き過ぎた行為も厭わない。私があの時、樹を守るために渚さんの腕を切り落としたのも、その血が由来するのだとしたら。

「気を付けよう……結婚出来るかな……てか相手の人、絶対殺さないようにしないと……浮気されても怒らない、怒らない……うーん……」

今の自分には、よく分からない。今はまだ樹の事で頭がいっぱいだから。

でも、いつかその時が訪れたら――そう思うと、明るい場面を想像したはずなのに、少し寒気がした。

「……そう言えば、瑞葉さん……人魚じゃないって……」

——あれはどういう意味だったのだろう。

人魚の家系に生まれた渚さんと瑞葉さん。渚さんは自身の肉を他人に与えていたし、かつての話し振りからも確実に人魚だろう。同じ家系で姉妹だから、瑞葉さんも当然人魚だと思っていた。

彼女の言葉がそのままの意味だとしたら、同じ血が繋がった中にでも——。

「わっ、電話」

学校の友達の名前がスマホに大きく表示される。私は慌てて電話に出た。

◆

一人で出歩けるようになったと聞いて、一緒に外出する。二人だけでゲーム屋をゆっくりと回る。

ダウンロード版で済ませれば良いのに、彼はたまにこういう所があるから面白いと思っていた。

「中古買ってきた。そっち、何か良いのあった？」

「あんま。それより、ぼちぼち腹減ってきた」

「俺は良いけど、泉ちゃんがご飯作って待ってるんじゃないの？」

「今日、友達んち行くって言ってたから、多分ねぇです」

——なるほど、それが本当の理由か。

近場のファミレスに入って、メニューと睨めっこする彼を見つめる。

「樹くんは本当に、泉ちゃんが好きだね」

「別に」

「そうなの？」

「……よく分かりません」

ここで否定しないのが、彼らしい気がする。そうかそうかと思いながら、俺もメニューに目を落とす。

「でも泉が俺から離れるなんて、有り得ない」

小さく呟いた彼に、ひっそりと視線を送る。

——そのために足を切り落とす選択をしたのだとしたら、彼の姉はどう思うだろう。

勿論そんな考え、彼は言葉にしていない。自分の思い違いの可能性も十分にある。だがそんな空気を何となく感じ取っていた。

「……そういや泉ちゃん、地元の専門学校にしたんだって？」

「みたいス。何でかは知りませんけど」

「そりゃあ……唯一の肉親が片足無くしたなら、離れるのは心配なんじゃない？」

樹くんはメニューを見るために俯いているが、その口角が少し上がっているのが分かった。

けれど、彼はいつもの顔にすぐ戻る。無愛想。その顔でメニューをめくっていく。

「つーか、そもそも家から出たいってアイツの考えが有り得ないんですよ。別にやりたい事がはっきりしてる訳でも無いのに。父さんも母さんも、何で止めなかったか」

「大学行ってから考えるって子も、結構居ると思うよ」

「泉はいいんス。一人だと何やらかすか分からないから」

「……そっかそっか。樹くんは心配性なんだね」

「だから違う」

話はそこで一旦、区切りがつく。自分もメニューをペラペラめくっていると、魚介系の料理のページになった。正直、今は魚の文字に余り関わりたくない。

「結局あれは、稚魚だったんだか、ただの寄生虫だったんだか……」

形態や性質を思えば、寄生虫や原虫といった、少なくともそういう真っ当な分類だと思いたい。しかし、それだけでは説明が付かない部分もある。

「別にどっちでも良いッスよ」

顔を上げて彼を見る。彼は以前と変わらず落ち着いているが、その体内には未だにあの生物が巣食っている。

「魚だろうと、虫だろうと。体に居るコイツ等は、どうすれば良いのか教えてくれるだけだから」

つい考えてしまう。これはただの好奇心。知った所でどうこうしようとは思わない。本当にただの興味本位。

「教えてくれる、ねぇ……やっぱ分かるモンなの？　人魚同士って」

「分かる。ばあちゃんと初めて会った時、俺とばあちゃんは同じだって思ったし」

「あれ？　そうなの？」

「うん」

「そういう話って、おばあちゃんとした？」

「しない。しないでも分かる。だからばあちゃん、泉が寝てる時に、俺に人魚の話してた」

「そっかそっか。でも泉ちゃんも、その話を知っていたよね」

「意外と起きてたんだな。アイツ、寝る時にいつも薄目開いてるから、寝てるのか起きてるのか、確かに分かんねぇけど」

聞くかどうか迷ったが、やはり興味の方が勝って、思い浮かんだ疑問をぶつけてみる。その答えがどうであれ、自分の中で彼に対する印象は特段変わらない。

「という事は、樹くん……おばあちゃんの肉を生で食べたらどうなるのか、分かっていて食べたんだよね」

彼は答えない。聡い子だと思う。ずるいとも表現出来るが。

いや、ずるいだけで言い表せないかもしれない。

――〝人魚〟という概念に一番近い存在は、間違いなく、目の前の彼だろう。

人魚と呼ばれる一族。その体内で生きていく、あの小さな生物の正体は分からない。少なくとも、あの異物は今でも彼の中に散らばっている。幾ら足元に群がると言えども、全身のあちこちにも存在しているはず。

それをオカルトと捉えるか、病と捉えるか。職業柄、どうしても後者を勘繰ってしまう。これは自分の悪い癖かもしれない。

——人魚は病的なまでの一途。

ＭＲＩ画像、うっすらと見えた小さな影。あの生物が前頭葉——感情をコントロールする場所にも、僅かながら巣食っているのだとしたら、彼等人魚の想像に及ばない行動原理も、ある程度は理解が出来るかもしれない。

自分は専門では無いから分からない。被害が自分に及ぶ事も無いだろうから、放っておけば良いのだろうけれど。

「俺、これ。魚介のシーフードドリア」

「うわ。この時期でも食えるとは、流石樹くん」

「何だよ」

——きっと彼の執着は、これからも彼のお姉さんに向かうのだろうから。

仲の良い姉弟だと思うが、彼女の将来を考えると少し心配ではある。

時期や彼の口振りから想像するに、彼等の家に火をつけたのも、ひょっとしたら……。

「センセ、その目を細めるのは癖？」

「え？　んな事やってる？」

「うん。多分何かを考えてる時に、毎回無意識でやってると思う。悪い奴にしか見えないから、気を付けた方が良いんじゃない」

「……ご忠告どうも。食べるモン、他はいい？　もう頼む？」

「うす」

「はいよ。すみませーん」

「タッチパネル、そこにある」

「あ」

注文を終えた頃、樹くんのスマホが鳴る。真剣な表情から、相手が誰かを推し測る。

「どうしたの？　大丈夫？」

「泉。友達が途中で帰ったから、今から家戻るって」

「今から飯作るの？　呼んだら？」

「良い？」

「俺は良いよ。君等二人と一緒なんて、久し振りだね」

樹くんは早々にメッセージを返す。しばらく待っていると、彼のお姉さんが現れた。

「あれ、森谷先生!?　樹、今日出掛けるって先生とだったの!?」

「ん」

「樹くん、相変わらず何も言わないんだねぇ」

「本当にそうなんですよ、先生！」

彼女も相変わらず元気そうで良かったと思う。出会った当初は嫌われていたが、あの一件が終わってからは、自分にもよく話をしてくれるようになった。

「泉」

「あ、うん」

樹くんが奥に移動して、泉ちゃんがその隣に腰掛ける。姉弟なのだから、この配置で何も問題は無い。当然だろう。

――でも彼女は、何処まで気付いているだろうか。

俺と彼しか知らない事実がある。そう思うと、思わず変な笑いが出た。

アサキ
2020年より別名義でシナリオライターとして活動。
女性向けホラーゲームにて、キャラクター設定やメインシナリオ制作を担当。
現在は小説家として執筆中。人魚も寄生虫も好き。歯医者は好きじゃない。

ばあちゃんの肉は生で食え

2025年4月28日　　第1刷発行

著　者――― アサキ
発　行――― つむぎ書房
〒103-0023　東京都中央区日本橋本町2-3-15
https://tsumugi-shobo.com/
電話／03-6281-9874
発　売――― 星雲社（共同出版社・流通責任出版社）
〒112-0005　東京都文京区水道1-3-30
電話／03-3868-3275

ISBN 978-4-434-35584-4